恐怖箱

怪泊《かいはく》

加藤一 編著

竹書房文庫

※本書に登場する人物名は、様々な事情を考慮してすべて仮名にしてあります。また、作中に登場する体験者の記憶と体験当時の世相を鑑み、極力当時の様相を再現するよう心がけています。現代においては若干耳慣れない言葉・表記が登場する場合がありますが、これらは差別・侮蔑を意図する考えに基づくものではありません。

カバーイラスト　近藤宗臣

巻頭言

箱詰め職人からのご挨拶

加藤 一

本書「恐怖箱 怪泊」は、十三人の怪談著者による実話怪談集である。

我々は日々の暮らしを送る日常の場から、日頃行かない場所に日頃しないことをしに出かける。これを我々は「旅」と呼んでいる。

旅先には風光明媚な風景が広がり、宿に帰ればうまい飯と酒と温泉と……上げ膳下げ膳、至れり尽くせりの贅《ぜい》を楽しんだ後、部屋に戻ると布団も敷いてある。お大尽気分を楽しんで、善いこと尽くしの旅。

……しかし、旅路とは未知の場所に足を踏み入れるということでもある。

そこには禁忌がある。旅先では知られた忌み事がある。一夜限りの宿泊者には決して知らされない秘密がある。さりげなく飾られた絵画の裏にはお札があり、寝苦しく目を覚ました真夜中に見上げる知らない天井に、見慣れぬ人影がある――かもしれない。

本書は、旅、宿などに纏《まつ》わる怪談を特に集めた。本書に登場する宿の多くは今も健在であるため、営業妨害にならぬよう、詳しい立地についての紹介はご容赦いただきたい。

さてさて、お客様。お足元にご注意いただいて先へお進み下さい。

目次

顔

藤村さんが出張で訪れたホテルでのこと。

一人、シングルルームで一泊した。

寝入り端、ふと眠気が遠ざかりすっかり目が覚めてしまった。

何となくトイレに行かねばならない気がして、ユニットバスに入った。

やはり何となく座らなければいけない気がして、寝間着のズボンも下ろさずに便器に腰掛ける。

(……俺、何やってんだろう)

あまり明るくはない電球の下、暫くそうしていると、不意にドアの向こうが騒がしくなった。

〈ドシッ——ドシドシカチカチドシドシ、ドシドシッ、カチッ——ドシドシ〉

ギョッとする。やけに取り乱した足音のような——だが固くて軽い音も複数混じる。

薄くて冷たい床が、裸足の下で微かに振動する感覚があった。

動けない。

足音は続く。何かを探すように奥から手前へ。バスルームのドア前を横切り、右へ、また左へ。

息を呑む。

やがて、外は静かになった。

外に出ては――ドアを開けてはいけない気がする。だがこれは予感というより、もっと当然の判断とも思えた。

暫くそうしていたが、続く音がしないもので、徐々に判断が鈍ってゆく。

(安普請のホテルだ。きっと隣の部屋か、廊下だろう)

こっそりとドアを開けて居室を覗く。

二人の女がいた。

二人ともネグリジェ姿だ。そして二人とも四つん這いになっていた。奥の女はベッドとテレビの間に挟まるようにしており、手前の女は、藤村さんの足元の近くで、逃げ道を探す犬のように、そろり、そろりと床を嗅ぎ回っている。

「カチカチッてのは、どうやら爪の音だったみたいで」

藤村さんはドアを閉め、一晩ユニットバスの冷たい床の上でまんじりともせずに過ごした。

「少し気の利いたホテルだったら、風呂場にも呼び出しスイッチなり電話なり、あったろうなあ。できればそういうところに泊まりたいもんだ」

女の顔は全然見えなかった。知りたかったのに残念だと伝えると、藤村さんは少しムッとして「知りたくねぇよ、そんなもん」と言った。

「あっ、顔と言えばさ——これはもうずっと前のことだけど」


藤村さんが中学二年のとき、林間学校で地元の宿泊施設に泊まった。

「旅館とかじゃなくてさ……青年の家？　みたいな。貸し会議室なんかもある、えらく殺風景な施設でね」

建物の外壁や内壁はコンクリートの鼠《ねずみ》色ではなく、暗いグリーンで統一されていた。それが古い便器の色に似ており、却って陰気さを煽《あお》っていた。

そして飾り気と呼べるものは、廊下がT字に交わる突き当たりに掛かっている大きな絵くらいのものだ。

その絵は、不気味な油絵だった。しかも大きい。藤村少年の身長より更に大きい。

草色の背景に灰色の床。暗い赤色の椅子に座り、無表情にこちらをまっすぐ見つめる、おかっぱ頭の日本の少女。そして古びたフランス人形を手にしている。

構図こそ普通だが、徹底したくすんだ色使いが陰気で、少女の顔も鬼気迫るものがあった。

後で知ったことによると、地元出身の画家によるものだった。

「でも妙だったんだよ。確かに先輩から聞いてた通りの気味悪い絵だったんだけど――笑ってるはずの絵が、無表情だったんだよな」

当然、クラスの仲間達の間でも絵が違うのではないかと話題になり、教師ですら「そういえば違うな」と言い出す。

そこで藤村少年とその友達は、自由時間に施設内を探検することにした。

施設内にはスタッフの姿も殆どなく、施錠されていない限りはどの部屋でも入れた。電気代の節約のためだろう、室内どころか廊下でさえ暗かった。

「そうは言ってもかなりの部屋に鍵が掛かってて。入れたのは大会議室とかそういう系だな。それから――」

倉庫として利用されている部屋があった。その部屋には窓がなく、電気を点けても外からはバレない。

卓球台や椅子、ダンボールが雑然と置かれていた。

そして、使われていない給湯室の奥にそれはあった。

電灯が照らしきれない暗がりを覗き込むと、赤い椅子がある。それは正に、あの絵に描かれていたものだ。

藤村少年がその椅子に気付くのと同時に、誰かが悲鳴を上げた。何人かは逃げ出す。藤村君ともう一人は驚いて腰を抜かしかけ、逃げそびれた。

顔を見合わせてから、もう一度給湯室の奥を見る。

赤い椅子の更に向こう、奥の壁に、一枚の大判の絵があった。

一階の廊下にある絵と同じに見えた。だがよく見ると、その顔が違う。

笑っていた。

普通の笑顔ではない。

そこだけ絵の具が溶けてしまったように、ぐずぐずに崩れた笑顔だった。

あ――と思う間もなく逃げ出していた。宿泊していた部屋に飛び込み、落ち着いてからは無言で他の仲間と顔を見合わせていた。

「もちろん、後で話題になったさ。話を聞いて何人かが確認に行った。やっぱり見間違いじゃなく――笑っていたって。それもイカれた顔だったってことで一致した。顔以外はほぼ同じなんだよ、廊下に飾ってあった奴とさ」

更に、後日先輩に確認したところによると、遡る二年前、先輩達が笑顔の絵を見たときには、少々不気味だが普通の笑顔だった。

絵の表情の変化については、記憶違いなどの可能性もある。それより気になるのはなぜ全く同じに見える絵が二枚も描かれたのだろうかということのほうだ。

絵と椅子以外には何も見つかってはいないが——それでも藤村さんらは一つの結論に達した。

「あの絵はあの施設で描かれたんだ」

遺物

とある旅館に併設されている施設に、古びた道具、家具ばかりか道祖神に至るまで――生活の全てが詰め込まれている。

ある事情で消失した集落があった。そこにあったあらゆるモノを集め、収容したのだそうだ。

いわば郷土史料館と呼ぶべきものだが――いかんせん雑然としている。同様な、郷土史料を収容した旅館を幾つか知っているが、ここはかなり混沌としたほうであろう。一言で言えば、見物料を取る物置だ。

小さな体積に、集落の全てを詰め込むと相当な密度になる。

それが旅館に付属しており、通路で行き来できるようになっていた。

旅館そのものも、増改築を繰り返した典型的な建築であった。その遺物を詰め込んだ施設は、旅館の一部のようでも、地下室のようでも、また離れ小屋のようでもあって何と呼べばいいのかはよく分からない。その全てが正解であるのに、どれも正解とは思えない。

複雑なのだ。

橋本さんは数年間、ハイシーズンになるとその旅館の手伝いに来ていた。仕事は送迎など旅館の手伝いと、その「博物小屋」の所謂モギリなどだ。

「モギリ――ま、ちょっとした受付みたいな？　宿泊客は無料で、日帰り客は入場料を別に取らないといけないから。受付は別館側にあってね、そっから繋がってて、その先に、その、村の遺物を集めたところがあるんだ」

涼しい土地柄ではあるが、谷間で川も近い。夏になると相当な湿度になる。

そして異様に高密度の――人の気配。

遺物は小屋に集められているが、とても納まりきらずに一部が旅館側を浸食していた。

特にその場所が異様な気配を放っている。

「何か、ざわつくんだ。あの、遺物を集めたところのほうがね。顔を出して見ても、誰もいない」

そういうことはしばしばあった。

史料と言うには、それらはあまりにも生々しく人の生活を感じさせる。

「都会から来たお客さんはね、皆喜んで見てるけど、俺はぶっちゃけ、不気味だなーって」

夏休みも終わり数日経った日の午後、日帰り入湯の客もおらず、宿泊客もごく僅かとなった。

橋本さんが詰めている受付の窓口は、別館から例の小屋へと続く、暗く細い通路にある。別館自体も古い木造建築で、よく見ると平行になっていない箇所があちこちにある。長くいると酔いそうな場所であった。

ただし雰囲気は最高であろう。

今年も夏シーズン終わりだなぁ、と橋本さんがゴロゴロしていたとき、今まさに窓口を横切ろうとする人影に気付いた。

「あっ、すいません。いらっしゃいませ。ご宿泊のお客さんですか?」

と、慌てて起き上がって声を掛けたものの——窓口の向こうを、やけにゆっくりと通るものは、一目でこれは生きた人間ではないと分かる人物だった。

まず色がない。そして輪郭《りんかく》が曖昧で、ぼけている。その横顔は酷く疲れて見えた。

更に、窓口に顔を出して初めて気付いたのだが、横に娘らしき子供を連れている。

否、引き摺《ず》っている。

子供は力なく両手を垂らし、今にも尻から地面に落ちそうな姿勢で、襟首を母親に掴まれてどうにか尻を浮かせている。

「あっ……」

少なくとも宿泊客ではないから、見学料三百円。言葉にするとしたら「見学料三百円になります」。二人だが子供は無料だ。だから三百円。

だが何も言えない。

何も言えないでいると、親子らしき人影はすーっと勝手に奥へと進んでゆく。

「あっ、お待ち下さい」

待ってほしくなどない。仕事だからつい、口を突いて出てきたまでの言葉だ。

幸い、親子は橋本さんの制止を完全に無視した。

（まあいいや、どうせ誰も気付かないだろう）

暫し呆然としていると、今度は右手の、正に遺物置き場の異様なざわめきの中から、先程の親子が戻ってきた。

その手に、手頃な木箱をぶら下げている。

（薬箱？）

あそこには机、コタツ、椅子、農耕機具、仏壇、地蔵、あらゆるものがある。薬箱のような小箱の類いは非常に多く、とても把握しきれるものではない。

橋本さんは親子を右から左へ、見送るしかなかった。

親子が視界から消えて数秒後、左からガシャーンと音が聞こえた。

窓口から身を乗り出して左側を見ると、階段の下に先程の箱が落ち、壊れている。

(大変だ)

騒ぎになる。旅館の従業員が集まってくる。一番近くにいた自分が詰問されるのは目に見えている。そのとき、自分がここで知らぬ顔をしていては色々とまずい。

義務的に詰め所を出て階段まで駆けつけると、そこらじゅうに古い化粧道具などが散乱していた。

木箱の中身だ。間違いない。

それどころか――階段の中腹、踊り場の少し手前のところに、ぐったりした灰色の娘が置き去りにされていた。

母親の姿はない。一見した通り、きっと悪い母親だったのだろう。

(あの野郎!!)

仕方がなく箱を拾い上げ、まず化粧道具を集めていると他の従業員らがやってきた。

「何の音?」と駆けつけてすぐ、彼らは異変に気付いたようだ。

わかんないっす、と橋本さんは残骸を片付けながら、涙目で訴えた。

予想に反し、特に誰もそのことには深く触れず「戻しておいてね」と早々に引き上げていった。

そういえば、こうしたことは過去何度もあった。妙なことが起きて皆が集まり、そして余所余所しく散会する……。何度もあったが、自分が当事者になったのは初めてだった。

一番困るのは、階段の中腹で行き倒れている小さな子供だ。

半ズボンにボーダーのポロシャツ。格好だけ見るとまるで男の子だが、髪は肩まであり、恐らく女の子であろう。

先程、他の従業員らは全く気付いていなかったようだから、このまま放置しても問題ないだろうという結論に至った。


夕方近くになった頃、橋本さんのところに先輩のおばさんがやってきた。

「あんた今日はもう上がっていいよ。けど、さっきの片付けは終わったの」

橋本さんは箱の中身をかき集め、元あったであろう生活用品の中に戻しておいた。場所が合っていたかどうかまでは知らない。

そう答えると、おばさんはいつもの意地悪な顔になって、厳しい口調でこう告げる。

「まだでしょ。まだ残ってるでしょ」

え、と橋本さんは呻《うめ》く。まだ残っているものと言えば——。

「あの子どうするつもりなの？　まさか見えないの？」

「えっ。あの、一体何のことか分かりません」

「嘘仰《おっしゃ》い。あたし見てたんだからね。あんたがあの子のこと気付いて、避けてるの」

何を馬鹿な、そんな主観など証拠になるものか――と、橋本さんとしても一度知らぬと言ったこと、今更後には引けない。

「あいすみません。仰る意味が分かりません」

するとおばさんは得意げな顔で、古くて小さな、平たい刷毛を取り出した。

「あの子の下に残ってたの。本当にあの子が見えてないなら、これが見えていたはず」

やられた、と橋本さんは観念した。

（うわあ、最悪だこのババア）

「……でも、あれをどうしろって言うんですか」

橋本さんは反抗的な気分になる。どうすることもできないというのは本心であった。

「言ったでしょ。今日はもう上がっていいって。帰り道にでも考えたら」

帰り道に何処かに捨てろという含みだ――そう橋本さんは理解した。

（うわあ、本当に最悪だこのババア）

それで、彼はどうしたのだろうか。

「捨てたよ。順番に言うと、まず帰りに拾って、車に乗せた。それで帰りに捨てた」

重くはなかった。だが重いように感じた。

その子は眠るように目を閉じていた。

助手席に乗せて走り出す。目の届かないところに置いておくのは逆に怖かったからだ。

旅館から家までは殆ど山の中を通る。ダムや川もあり、捨てる場所には事欠かない――はずだった。

「いざ捨てようってなると、急に周囲の目が気になったねぇ。山ん中とはいえまだ夕方だ」

それ以上に、いかにこの世のモノではないとしても、小さな子供をダムに放り投げる経験をするのは躊躇《ためら》われた。

暫く車を走らせる。生憎、町までほぼ一本道だ。このまま走ればいずれ町へ着いてしまう。

逆へ向かうべきだったと後悔しつつ助手席を見ると、安らかに閉じていたはずの少女の目が、ギンと開いている。

何かが、平静が、崩れつつある。

その目は、白目であるべき部分が黒い。そして黒目が白かった。

白目が真っ赤に充血しているのだ。色がないせいで、それが暗く、赤くなった黒目が相対的に白く見えるのだと気付く。

このままでは何かが起こると悟った橋本さんは、仕方なく車を停めた。道路脇の路側帯である。そこから斜面に沿って、細い山道が伸びていた。

無理矢理に少女の瞼を閉じ、車から降ろす。

彼女を背負って、斜面を登った。

相変わらず重さを感じない。だがこの重さであるべきという負荷が心にのしかかる。子供など背負ったこともないのに。

振り返って見下ろすと道路はまだすぐそこに見える。周囲を見渡すと木々に阻まれ視界は利かない。

――ここでいい。別に遠く離れる必要はないのだ。

背中から子供を下ろすと、寝かせることも振り返ることもなく斜面を走り降りた。

「その後、三年くらいは通ったよ。その道通って」

異変はなかったのだろうか。

「今はもう通ってないんだ。市内で観光の仕事見つけたからね。で……」

これは異変って程のものじゃないけど――と前置きして、橋本さんは、

「たまーに、そこ通ると、あの子がね……木の間からこっち見てるんだ。もっと奥に捨ててくれれば良かったと思うよ」

と語った。

22

やっと分かった

榎本さんは、同じゼミの黒田君が苦手だった。

決して悪い人ではないのだが、常に距離を置いていたという。

その彼と共に旅行に行く破目に陥ったのが九月半ばである。

ゼミ受講者全員参加ということであれば仕方がない。

行き先は北陸地方の小都市、海沿いの旅館。

幸い、現地集合である。二泊三日だけ我慢すればいい。

その間なるべく側に寄らずにいようと心掛け、榎本さんは合宿先に向かった。

ゼミのテーマに沿って研究内容をまとめ、班ごとに皆の前で発表するのが合宿の目的である。

班の組み合わせはくじ引きでということになり、榎本さんは慎重に選んだ。

その結果、当初の目論みは見事に崩れ、榎本さんは黒田君と同じ班になってしまった。

昼食後は各班ごとに分かれて、いよいよ開始である。

黒田君は、的を射た発言と適切な助言で班をまとめていく。

榎本さんは、言葉少なに賛同するだけに留めておいた。

おかげで発表内容は早々にまとまった。

夕食後はコンパの開始である。

馬鹿げた飲み比べで杯を重ねるうち、一人、また一人と酔い潰れ、座に残るのは下戸の榎本さんを含め、僅かに五人だけとなった。

「それじゃ私、そろそろ寝ます」

さりげなくその場を離れるつもりだったが、無論見逃されるはずがない。

とは言うものの、盛り上がる話はとうに尽きた。

誰が始めた訳でなく、いつの間にか怪談が始まってしまったという。

聞いたような話が続く中、黒田君が自信たっぷりに話し始めた。

が、それは怪談でも何でもなく、単なる悪趣味な話であった。

「中学生の頃、ここら辺に住んでたんだよ」

そう言って黒田君は、窓を開けた。微かに水の音が聞こえてくる。

「すぐそこに川がある。学校から帰るときに渡る橋があるんだけど、流れのせいかな、いつも同じ橋桁にゴミが引っ掛かるんだよ」

その日は朝から土砂降りの鬱陶《うっとう》しい日だった。

試験の結果が最低で、クラブでもミスばかり、大好きな女の子にも笑われて、と打ちのめされた黒田君は、俯きながら橋を渡っていた。

いつもの橋桁に何か引っ掛かっているのが見えた。

ゴミなどではない。

自分の見た物が信じられなくて、黒田君は手すりから身を乗り出した。

間違いない。人だ。長い髪が海藻のように広がっている。

俯せになっているが、服装から女だと分かる。

誰もがここで警察に通報するところなのだが、黒田君は違った。

「僕はね、どんな女なのか知りたくて堪らなくてね」

どうにかして仰向けにできないかと思案した黒田君は、まずは長い棒を探した。

もちろん、そんなものが都合よく見つかるはずがない。

その間に橋を渡った人もいたが、皆、傘を差して足早に歩いていくだけで、女には気付かない。

「とりあえず橋桁から離したら、何処かの川岸に流れ着くんじゃないかなって思ってさ」

大きな石なら幾つでもある。黒田君は、橋の上から川面目がけて石を放り始めた。

波は立つが動かせるほどではない。

苛ついた黒田君は、女に直接ぶつけだした。その甲斐あって、女はゆらりと橋桁から離れた。

よし、作戦通りとガッツポーズを取った黒田君だったが、増水して勢いを増した流れに乗り、女はあっという間に川を下っていった。

「驚いたのは次の日さ。港に流れ着いたんだけど、引き上げられてから暫くは生きてたんだってさ」

「うわ、酷ぇ。ってことはお前、見殺しにしてんじゃん」

「嘘？　そうなるのかな」


ああ、なるほど。それでか。

榎本さんは、漸《ようや》く理解できた。

スカートを履いた下半身しか見えないが、黒田君の背後には、ずぶ濡れの人がいつも立っているのだ。

幸せ人形

福永さん夫妻は山歩きを趣味としている。
本格的な登山という訳ではない。
できればあまり観光客の来ない山をのんびりと歩ければそれで満足であった。
その年の秋は、紅葉狩りを兼ねて関西へ遠征したそうだ。
電車の窓から見える景色で見当を付け、適当な駅で降りて歩き出す。
程なくして、小さな里山に着いた。
付近に人家はなく、人の気配もない。
何処からか聞こえてくる鳥の声が心地良い。
夫妻は、迷うことなく登山道に足を踏み入れた。
それほど急な坂ではないが、朽木や枯れ葉に足を取られ、なかなか前に進めない。
いつの間にか二人には会話がなくなり、福永さんは己の足元に意識を集中していた。
ふと顔を上げると、すぐ後ろにいるはずの奥さんがいない。
「おーい、大丈夫か」

意外にも、返事は登山道から外れた木立ちの中から返ってきた。

「何やってんだ、そんなところで」

奥さんは、何かをリュックサックに片付けながら道に戻ってきた。

「危ないだろ、道から外れちゃ」

福永さんの注意を無視し、リュックサックを背負い直した。

「うふ。良い物見つけちゃった」

そう言って、奥さんは今まで見せたことのないような顔で笑った。


旅館に着いてからも、風呂にすら行かずにリュックサックを覗き込んで微笑んでいる。

腹は空いたらしく、食事時になって漸く手放した。

「なぁ。何を見つけたんだ。珍しいキノコか何かか？　あ、まさか松茸とか」

「違うわよ、馬鹿ねぇ。あのね、とっても綺麗なお人形様」

「山道に棄てられた人形って、それは要するにゴミじゃないのか」

当たり前の意見であったが、途端に奥さんの表情が激変した。

目が据わり、こめかみに血管が浮き出ている。

「ゴミとは何事か。ゴミは貴様のほうだろう。由緒正しいお人形様に何て失礼な。謝れ。

土下座して謝れ」

旅館中に響き渡るような怒声を発した。

こんな酒癖の悪い女だったかなと首を捻りつつ宥めすかし、実際に土下座までして見せて、何とかその場を取り繕ったという。

翌日。

昨夜の出来事が嘘のように、いつもと同じ様子である。

何とも居心地の悪い静けさであるが、それ以上何も起こらないまま、無事に自宅へ戻ることができた。

途中、何度かリュックサックを覗き込んでニタニタと笑っていたが、見て見ぬ振りをしてやり過ごした。

全ては帰ってからだ。とりあえず、どんな人形か拝んでからにしよう。

もしかしたら、本当にお宝かもしれない。

福永さんは、そう自分に言い聞かせた。

だが、その機会はなかなか訪れなかった。

奥さんは、人形を肌身離さず持ち歩いているのだ。

それほど大きな物ではないらしく、トイレも風呂も寝室も外に出るときも一緒である。

これが子供なら微笑ましい姿なのだが、もうじき五十の女性である。

「大事にしなきゃ。大事にすればするほど、願い事が叶うの」

家事は一切やらず、寝る間も惜しみ、四六時中呟いている。

とうとう体力の限界が来たのだろう、その夜、奥さんは揺すっても起きないぐらいの深い眠りに就いた。

今を置いて他はない。

福永さんは奥さんの胸元に手を差し入れた。

探すまでもなく、指先が何かに触れた。

そっと抜き出す。

現れた人形を見て、思わず悲鳴が出そうになるのを必死で堪えた。

それは、藁人形であった。

しかもどうやってだか、髪の毛が生えている。

恐怖と生理的嫌悪感に襲われ、福永さんは藁人形を捨てようと決めた。

ベッドを離れかけたとき、寝ていたはずの奥さんに、いきなり手首を掴まれた。

無言だが、何を言いたいかは目で分かる。

人形を返さなければ殺すと言っている。

福永さんは、おとなしく藁人形を返して部屋を出た。

藁人形を持っていた掌には、細かい擦り傷がたくさん付いていたという。


その後も奥さんの生活は藁人形中心であった。

人が違って見えるほど痩せてきたため、思い余って福永さんは奥さんを強制入院させた。

泣き叫んで暴れるのを押さえ付け、藁人形も取り上げた。

以前見たときよりも髪が伸びている。

病院からの帰り道、憎しみを込めて川に投げ捨てた。

次の日、病室に入った福永さんはぽかんと口を開け、震え上がった。

奥さんが、捨てたはずの藁人形を抱いて笑っていたのだ。

同じように取り上げようとしたが、今度は抵抗しなかった。

何をしても戻ってきてくれるから、好きにすればいい。

そう言ってまた、幸せそうに笑った。

打つ手が見当たらないまま、今も奥さんは入院している。
最近では、福永さんの顔も分からなくなってきたらしい。

山の一軒家

それはもう三十年以上も前、野崎さんがまだ高校生だった頃の話だ。

当時、野崎さんは暇があると山歩きを楽しんでいた。

特に好きなのが秋の山だ。いつの間にか山菜にも詳しくなり、夕餉《ゆうげ》の食材として持ち帰ることもあった。

その日も山菜を集めながら歩いていくと、舞茸の巨大な塊を見つけた。

急斜面ではあるが、頑張れば届きそうな場所にある。

野崎さんは足場を確保し、思いきって手を伸ばした。

掴んだと思った瞬間、バランスを崩した野崎さんは頭から斜面を転がり落ちていった。


気付いたときには、辺りは薄暗くなっていた。

高校生ながら、山歩きには慣れている。いざという時の対応も父親から教わっていた。

幸い、リュックサックは担いだままだ。ゆっくりと手足を動かしてみたが、痛む箇所はない。見上げると、登山道は遥か彼方だ。こうやって無事でいるのが奇跡と思えた。

この斜面を登るか、それともこのまま下っていくか。

迷う野崎さんの眼下で何かが光った。それはまるで灯台の如く、野崎さんを誘っている。

目を凝らしてみると、どうやら人家だ。野崎さんは自らを鼓舞激励し、歩きだした。

懐中電灯は持っていたが、山中を夜通し彷徨《さまよ》うのは避けたい。

近くで見ると山中に建てたにしては、しっかりした家屋であった。

ここで不思議に思うべきだったのかもしれない。

こんな山の中に、どうやって建てたのか。日常生活を営めるのか。

が、そのときの野崎さんにはそう思うだけの余裕はなかった。

既に夜の闇はすぐそこまで迫っていたのだ。

玄関は古めかしい引き戸である。すりガラスから漏れる橙《だいだい》色の明かりが何とも優しげだ。

野崎さんは迷わず戸を叩いた。

「すいません、崖から落ちて道に迷ってしまったんです」

返事はないが、ずるずると何かを引き摺る音が近付いてきた。

「あの、ほんと怪しい者ではありません。なんなら、親元の電話番号言いますから確認してもらっても」

すりガラスの向こうに人が座った。朧気《おぼろげ》に見える姿から察するに女性である。

相変わらず返事がない。苛ついた野崎さんは、もう一度叩こうと手を上げた。

その姿勢のまま、手が止まった。

戸は外側から施錠されていたのだ。

みっしりと緑青に覆われていたため、南京錠が見えなかったのである。

野崎さんは、辺りを見渡して他の出入口を探した。

右側は崖に密着しており、人が出入りできる隙間はない。

左側から回り込むと、小さな窓が二つだけあった。

これも錆び付いた鉄格子で守られている。勝手口は見当たらない。

玄関から以外、出入りできない家であった。

野崎さんは窓から中を覗いてみた。真っ暗な室内は、家具すら見えない。

懐中電灯で照らしてみた。八畳ぐらいの部屋にあるのは、小さな座卓と布団のみである。

そのとき、襖が開いた。

入ってきたのは、女であった。着ているのは薄い浴衣一枚だ。

女は、四つん這いで布団に近付いてきた。

下着は着けておらず、痩せた胸が乳首まで露わになっている。

女は布団の上で浴衣を脱ぎ去り、俯せになった。白い背中、尻、太腿へと移動していった視線は足首で止まった。

野崎さんの口から呻き声が漏れた。

女の足首に深い傷跡がある。後ろ側から踝《くるぶし》近くまで入り込んだ傷だ。

懐中電灯のスポットライトの中、女は野崎さんに見せつけるように、右手で股間を弄りながら自慰を始めた。

帰巣途中のカラスが鳴かなければ、そのままずっと覗いていたかもしれない。

カラスのおかげで我を取り戻した野崎さんは、その場にへたり込んだ。

部屋の中で音がした。窓に近付いてくる。鉄格子に細い指が絡みつく。

頭頂部が現れた。

それ以上見ていられず、野崎さんは一目散にその場から逃げた。

後ろも振り向かずに走り続け、何とか麓《ふもと》に辿り着いたときには、身体中に擦り傷を負っていた。

家に辿り着いた野崎さんは玄関先で倒れ込み、安堵のあまり泣きだした。

驚いた家族に、自分が目にした家と女のことを必死に説明したのだが、父も母も笑って相手にしない。

ただ一人、祖父が顔色を変えた。言い伝えで聞いたことがあると言いだしたのである。

祖父は、記憶の底を探りながら話し始めた。


昭和初期、あの辺りには豪商がいた。

金に物を言わせ、好き放題やっていた男である。

その男に娘を売った者がいる。長男以外は人として認められない時代であった。

人格を捨て、死ぬまで働くしか生きていく術がない。

売られた娘は名前すらなかったそうだ。

男は殊の外この娘を気に入り、好き放題やり尽くした。

命の危険すらある仕打ちに耐え兼ね、娘は逃げ出そうと試みた。

逆上した男は、捕まえたその場で娘の足首に鉈《なた》を振り下ろし、足の腱を切った。

それでも飽き足らず、山の中に建てた家に幽閉してしまったという。

「けど、それはもう百年近く前の話。お前が見たのが何だったにせよ、二度と近付いてはならん」

言われなくても二度と行くものか。

暫くはそう決めていたが、野崎さんはその後も時々、山へ行って家を探し回った。

「もう一度だけ見たかったんですよ」

野崎さんは恥ずかしそうに顔を赤らめた。

今年の初め。

野崎さんは、同棲中の女性を負傷させた容疑で逮捕された。

足首を切断しようとしたらしい。

飛び降り橋

岩田さんは海よりも山の旅が好きだ。

深山幽谷に魅せられ、そこへ行く道が困難であればあるほどありがたい。

猿が入ってきそうな露天風呂に浸かりながら、降り注ぐような星空を楽しむのが、岩田さんにとって人生最大の喜びである。

今回の旅も山に向かった。いつもそうするように駅からバスを使い、山道を徒歩で行く。

車で宿へ向かえばあっという間なのだが、そんな勿体ない真似はしないというのが岩田さんの信条であった。

行きかう人とてない山道を鳥の鳴き声に導かれながら歩いていくと、橋が現れた。

がっちりした作りだが、手すりが低い。大人の腰の辺りまでしかない。

少しでもよろめくと、たちまち落ちてしまいそうだ。

恐る恐る渡り始める。遥か下には浅い水を湛えた川がある。

落ちたら溺れるよりも、粉々に砕ける確率のほうが高いだろう。

下を見ないようにしよう、そう決めて歩き出す。

ふと気付くと、橋の中央に誰かがいた。

若い女だ。

長い黒髪が風に舞い、顔がよく見えない。

と言うか、全体像が掴めない。輪郭がぼやけて見えるのだ。

ピントが合っていない写真のようであった。

岩田さんは眼鏡を外し、シャツの裾で念入りに拭った。

これでよしと顔を上げると、すぐ目の前に先程の女がいた。

驚いて足がすくむ岩田さんに目もくれず、女は手すりを一気に乗り越えて身を投げた。

止める間などない。呆気に取られて見つめるだけだ。

足が動くまで五秒は掛かった。慌てて下を見る。きっと見るも無残な姿で横たわっているに違いない。

「え?」

どういうことだ。何処を探しても、先程の女の姿は見えない。

狐に摘まれた気持ちを顔に張り付けたまま、岩田さんは橋を渡り終えた。

振り向いて再確認したが、やはり何もなかった。

一体あれは何だったのか。

納得のいく答えが見つからないまま、宿に着いた。

山奥に相応しい鄙《ひな》びた風情である。飯は山菜中心だが、工夫を凝らした物ばかりで飽きさせない。

酒も美味い。仲居さんの素朴な笑顔も相まって、腹の底から温まってくる。

先程の件を訊ねてみようと思っていたものの、何だか恥ずかしくなり、さっさと忘れることにして風呂に向かった。

小さな露天風呂であるが、看板には様々な薬効があると記してある。

「何よりの薬効はこの景色だな」

誰に言うでもなく呟く。湯の中で思いきり背伸びする。

見上げた先にある巨木の枝に、あの女が立っていた。

そこで岩田さんの記憶は、一旦途切れた。


岩田さんが意識を取り戻した場所は、あの橋の上だった。

「お客さん！　大丈夫ですか」

心配そうに見守るのは、宿の仲居だ。隣にいる男性も従業員らしき姿である。

半ば引き摺られるようにして、岩田さんは宿に戻った。

ロビーのソファーに座らされ、毛布で包まれる。

時が経つに連れて記憶が蘇り、温まるはずの身体が震えてきた。

仲居の説明によると、岩田さんは浴衣姿で裸足のまま、ふらふらと外に出ていったそうだ。

万が一を考え、男手を呼びに行く間に岩田さんはいなくなっていたのだという。

「すいません。ご迷惑をお掛けしました。ちょっと湯当たりしたみたいで」

自殺を考えている等と思われたら、後々面倒だと思い、岩田さんはその場を誤魔化した。

布団に横たわり、つらつらと思い返すのだが、露天風呂から先がどうしても思い出せない。

いつの間にか眠ってしまい、目覚めたときには既に日は高く昇っていた。

世話になった礼を言い、岩田さんは宿を出て歩きだした。

見送る従業員の顔が、心なしか不安げだ。

あの橋の前で立ち止まり、深呼吸を繰り返す。

迷っていても仕方ない。ここを渡るしか道がない。ただの橋ではないか。

それなのにどうしても一歩が踏み出せない。

岩田さんは、しゃがみ込んだまま動けなくなった。

「どした、あんちゃん」

声を掛けたのは老人が二人、いずれもカゴを背負っている。

「あんちゃん、もしかしたら見たんだな。よう生き残ったもんだな」

老人の柔らかな声に励まされ、岩田さんは今までの出来事を話した。

「ん。やっぱりな。付いておいで」

老人達に促され、岩田さんは橋に足を踏み入れた。

「大丈夫だから、離れずにな」

すたすたと歩きだす二人を慌てて追いかける。結局、何事もなく渡り終えた。

「あの橋は一人で渡っちゃいかん。わしらは分かっとるから、こうやって仲間と一緒に山に来る」

「昨日は何処へ泊まった」

岩田さんが答えると、二人は軽く頷いた。

「あいつらなら、一人で帰らせるだろうな。他の宿なら、一人客は橋を渡るまで見送る」

岩田さんの脳裏に、心配そうに見つめていた仲居の顔が浮かんだ。

あれが嘘だったとは、どうしても思えない。

「いや、でも一度は助けてくれましたよ」

「そりゃそうだろうよ。宿の浴衣を着たまま自殺されたらまずいだろ」

「自分の服に着替えて宿を出たら、後はどうなろうと知ったこっちゃない」

　言われてみれば納得だ。

「あの、あれは何なんですか」

「生きてる頃、あれはあの宿の従業員だった。何があったか知らんがの、随分と宿を恨んどるらしい」

　今でも身を投げる者が絶えないのだが、橋を作り替える予算などない。

　一人で渡らなければ大丈夫だから、地元の者は気にもしていない。

「連中にしてみりゃ、そのほうが都合が良いからの」

「偶に生贄《いけにえ》がないと、自分とこの従業員が引っ張られるそうでな」

　そんな馬鹿な。そんなことが許されるのか。

　抗議する岩田さんに、二人は困ったような顔で言った。

「許すも許さないも、あの宿は何もしとらんがな」

　次来るときは家族連れでな。

二人はそう言い残し、山道を下っていった。
岩田さんは、最後にもう一度振り返った。
橋の向こう側に、あの宿の従業員がいた。
渋い顔を隠そうともせず、軽く会釈したという。

つまらない余興

芳紀《よしのり》の両親はキリスト教徒として熱心な信仰心を持ち、自分達の人生を喜んで神に捧げるような幸福な信徒であった。

しかし、両親が熱心であるからその子供達も同様であるとは限らない。神の教えに疑いを持たず敬虔《けいけん》にそれを守る両親と子供達の間には、明らかな溝が生まれていた。

多感な年頃の芳紀は、両親が子供達に強いる信仰を抑圧と感じるようになり、それへの反発心からか次第に粗野になっていった。身体を鍛え、鍛えた身体の出来映えを確かめるかのように、物騒な喧嘩に身を窶した。

それでも元々根が真面目であったせいだろうか、学校行事をすっぽかすようなことはなかった。むしろ両親から解放される、とばかりに嬉々として修学旅行にも出かけていった。

修学旅行初日の宿でのこと。

大広間で夕食を終えたあと、宿の人々との間で交流会が行われた。多目的ホールを兼ねた大広間の一角はステージになっている。宿の女将はステージに上がってマイクを取ると、近隣の名所、地名の由来や名物といった観光案内を滔々《とうとう》と語った。続いて、期間中行動を共にするバスガイドさんが簡単な自己紹介をして、マイクを学年主任に回す。

学年主任は学校を代表してこれもまた簡単な挨拶を取り交わし、そこで言葉に詰まった。

特にこれと言って語る話題もなく、予定していた時間をだいぶ余らせてしまった。このまま解散させようにも、流石にまだ消灯を命じるには早い時間だ。

そこで学年主任は、窮余《きゅうよ》の策として芳紀を指名した。

「おまえ、何かやれ」

何か、と指名されたものの、咄嗟《とっさ》に演し物など思いつくものでもない。

「じゃあ……面白い話も特にないから、つまらない話をします」

それでいいからやれ、と壇上に押し上げられた芳紀は、怪談話を一席打つことにした。

芳紀自身、怪異体験には事欠かない。身長が数メートルもあるテンガロンの大男に凄まれたり、金縛りに遭った挙げ句に女の幽霊によって枕元に鉄アレイを落とされたこともある。誰かに話して聞かせても真に受けてもらえないような怪異の類いを、それこそ毎晩のように体験している。およそ信じられ難い話ではあるが、こんな機会なら語って聞かせれば余興くらいにはなるだろう。

マイクを受け取って、同級生達が居並ぶ客席に視線を向けた。

同級生達が着座している大広間は一方が廊下に面していて、上手側が一段高いステージになっている。廊下の対面と大広間の下手側、ステージの対面に当たる二箇所はガラス張りのサッシである。

晴れた昼間なら、このサッシから作り込まれた中庭の庭園を見渡せる作りなのだろう。

しかし、庭園には照明の類いがなく、またこの日は月もなかったため、サッシの向こうは真っ暗で何も見えなかった。

「えー、俺が家で寝てたら金縛りにあって……」

日頃、乱暴者の芳紀に気後れして目を背けて近付いてこない同級生達だが、芳紀の意外な一面が垣間見える怪談話に、興味津々だった。

皆、少しずつ前のめりになって芳紀の話に聞き入っている。

しかし、芳紀はと言えば、皆の背後の真っ暗なガラスサッシがずっと気になっていた。

話し始めた直後くらいから、サッシの外に人影が彷徨《うろつ》いていた。

庭側には照明のようなものは何もないから、室内から零れた明かりの照り返しで、それが女性だと辛うじて分かる程度である。

(そうか、昼間は客がいるから、人目に付かないようにこんな時間になってから掃除をするんだな。ご苦労なこった)

サッシの向こうをうろうろと歩き回る姿を眺めつつ、客商売って大変だな——と思った。

大広間の全員が自分に注目している中、その女だけが一人だけ違う行動を取っているのが逆に気になって、芳紀はサッシの外をチラチラと眺めながら話を続けた。

話が山場に差し掛かったときだった。

「で、そのとき……」

と、そのとき。

——バンッ！

ガラスを叩く大きな音が、静まりかえった大広間に響き渡った。

真っ暗な闇の中から、サッシのガラスを叩く掌が二つ。庭園を彷徨いていた女だ。

芳紀は息を呑んだ。

しかし、同級生は芳紀を凝視したまま、誰も振り向かない。

一切、無反応であり、何の騒ぎも起きない。

演出のための間にしては長く言葉を止めたままの芳紀を、舞台袖の学年主任が促した。

「……それで？」

「え、ああ……」

どうやら、彼らには聞こえない「音」の類いのようだ。

しかし、そうしている間も女はガラスに顔を張り付けていた。ぼさぼさの髪を振り乱し両手でガラスを叩き、頭を揺すりながら大きく見開かれた目で芳紀を見据えている。

毎夜、芳紀を苦しめる怪異の輩と同種の者だった。

(――おまえら、気付けよ！　そこに幽霊いるじゃんかよ！)

食い入るように怪談にのめり込む同級生達に、そう叫びだしたい気持ちで一杯だった。

しかし、そう叫んだところでアレは俺にしか見えていないのだ。

何も見えない奴らに言っても、信用されずに終わるだけだ。

芳紀が恐怖のあまり喘ぐように語る怪談を、女は食い入るように聞き入っていた。

生きた心地がしないまま、漸く話し終えた。途中からは、とにかく女のほうを見ないようにするだけで精一杯で、もう何の話をしていたのか、どう締めたのかすら思い出せない。

それでも同級生達には大評判だった。

冷や汗をびっしょり掻いてステージを降りるとき、傍らでずっと話を聞いていたバスガイドさんが小声で耳打ちしてきた。

「さっき、話の途中で凄い音がして……急に嫌な感じがしたんだけど、あなた大丈夫？」

「……いや、もう……身体ガチガチで気持ち悪いっす」

「そうよねえ。こんな、たくさんの人の前で怪談なんかやるもんじゃないわよねえ」

滝巡り

滝巡りが好きな多佳子さん一家は、ドライブがてらよく家族で出かける。

九州の滝は殆ど巡った、と豪語するほどだ。

ある滝を見に行ったときのこと。

そこは滝の後ろを潜り抜けられるよう遊歩道が通っていて、裏側から流れ落ちる滝を見ることができる。

勇壮な水音と飛び散る水飛沫を堪能して、さて帰ろうかと出口に向けて遊歩道を歩いていた。

――ザッザッザッ。

後ろから足音が近付いてくる。

音から察するに急いでいるのか、走ってきているようだ。

多佳子さんは邪魔にならないよう、道の端のほうに避けた。

途端、姉の友梨さんが怪訝《けげん》な顔をする。

「何してるの？」

「え、だって後ろから誰か走ってきてるでしょ。邪魔になるかと思って」

「は？　誰もおらんよ」

——ザッザッザッ。

そんなはずはない。こんなにはっきり足音が聞こえるのに。

友梨さんの言葉に、振り返る。

女がいた。白いワンピースの女が、こちらに向かって走ってくる。

身体は腰の辺りでくの字に曲がり、振り上げる手は肘からあらぬ方向を向いている。不自然に傾《かし》いだまま疾走するそのスピードはおよそ尋常ではなかった。

ヤバい。これはヤバい。

「急ごう」

「えー、もっとゆっくりしてこうよ」

足を速める多佳子さんに腕を引っ張られ、見えていない様子の友梨さんは不満げだ。

「ちょっと、喧嘩しなさんな」

娘達が揉めているのに気付いたのか、母が振り返って瞑目した——次の瞬間。

「走って！」

緊迫した母の声で、隣にいた父も訝しげであった姉さえも、弾かれたように走り出した。

——ザッザッザッ。

追い付かれないよう、必死に走る。

やがて遊歩道を抜け、足音が聞こえなくなって、漸く振り返った。

「遊歩道入口」と書かれた看板の横で女はゆらゆら揺れていた。

どうやらそこから先には進めないようだ。

暫くそこでゆらゆらと佇んでいたが、やがて諦めたように空気に滲《にじ》んで消えた。

壺

美野里さんは大学に入って間もなく、同じ学科の弘恵さんと親しくなった。

学科自体女性が少なかったというのもあったのだろうが、妙に気が合って、夏前にはお互いのアパートを行き来する程となった。

故に夏休み、弘恵さんに誘われて、四国にある彼女の実家に遊びに行くことになったのも必然だった。

海沿いの街は思ったより遠かったが、弘恵さん家族の歓迎振りとその温かい人柄に、美野里さんは来て良かったと思った。

そうして楽しく過ごした三日目の昼、昼食の手伝いのために弘恵さんと台所に向かった美野里さんは、トイレに行きたくなった。弘恵さんには先に台所へ行ってもらい、美野里さんはトイレへ向かった。

縁側の突き当たり、一階の端にトイレはあるのだが、その手前に昨日まではなかったものが置いてある。

縁側から差し込む日差しに反射するそれは、蓋の付いたひと抱えはありそうな青磁の壺。

わざわざ日の当たる場所に置いてあるところを見ると、こういうものも虫干ししたりするのだろう。そう一人で納得して、このときは大して深く考えもせずに通り過ぎた。

用を足してトイレから出ると、壺はもうそこにはなかった。

弘恵さんの祖父母が片付けたのだろう、とこれもまた自分の中で頷いて美野里さんは台所へ。

「年代物の壺が置いてあったから、割らないようにと思って緊張したぁ」

何気なく、軽い調子でそう口にした途端、いつもは穏やかで優しい弘恵さんの母の顔色が一変した。

「中は見たのっ？」

「いいえ」

「蓋は？　開いてた？」

「いいえ」

肩を掴んで揺すらんばかりの剣幕で訊いてくる。美野里さんは困惑して隣の弘恵さんに顔を向けた。

弘恵さんもまた、美野里さんを見つめたまま棒立ちに固まっている。

「あの、壺には触っていませんし、トイレから出たらなくなってました」

美野里さんのその言葉を聞くや否や、弘恵さんの母は台所から飛びだした。

「おじいちゃん、おじいちゃん、美野里ちゃんが——に持ってかれるっ」

何と言ったのか、訛りがきつくてよく分からなかった。


その日のうちに荷物をまとめさせられ、美野里さんは慌ただしく弘恵さんの実家を出た。駅まで送ってくれた弘恵さんの祖父は、美野里さんに黄ばんだ和紙を差しだした。

「中は見ちゃいかん。効果がなくなる。いいか、『見たら』それを口に咥えろ。『見えなくなるまで絶対外しちゃいかん。いいな？」

折り畳まれたそれを手渡しながら、しつこくそう言い含められた。

「ごめんね、ごめんね、何にも言えなくてごめんね」

何度もそう謝るばかりの弘恵さんに詳しい事情を訊くのも躊躇われる。美野里さんは釈然としない思いを抱いて帰路に就いた。

最寄り駅に到着したのは深夜零時に近かった。

「あれぇ？　美野里？」

駅から出たところで、酷く親しげに声を掛けられた。同じ学部のあゆみさんがニヤニヤ笑いながら立っていた。

呼ばれてもないのに飲み会の席に潜り込み、好き勝手に飲み食いして勘定の頃には決まっていなくなる。仲間内ではあまり評判が良くない人物だ。

友人と言えるほど親しくもないし、名前を呼び捨てにされるほど近しい訳でもない。どちらかと言えば苦手な部類だ。

いつもだったらもっと警戒したかもしれない。

だが、弘恵さんの実家を追い立てられるよう帰され、時間も時間だったため心細くもあった。

美野里さんは強請《ねだ》られるままあゆみさんをアパートに上げてしまった。

旅行中ずっと嵌めたままだった腕時計を外し、部屋着に着替えた美野里さんはあゆみさんのその言葉に眉を顰《ひそ》めた。どうやらアルコールではなく、ジュースを出されたことが大いに不満であったらしい。

「ねぇ、お酒ないの？」

ないなら買ってこいと言わんばかりだ。

正直、今日は疲れている。化粧を落として風呂にも入りたい。できれば早々に帰ってほしいが、相手にその気はないようだ。

結局、押し切られる形で近くのコンビニまで酒を買いに行くことになった。部屋に残すあゆみさんを疑う訳ではないが、念のため通帳や貴重品は鞄に入れて持って出た。

アパートから出てすぐに、携帯が鳴った。弘恵さんだ。

「もしもし」

『今何処にいる？　家の中？　外なら紙を咥えて！　今すぐ人のいる場所へ行って！』

切羽詰まった声に急かされ、あの和紙を咥えてコンビニまで走った。流石にそのまま店の中に入るのには抵抗がある。入口でうろうろしているところに弘恵さんからメールが入った。

〈和紙は咥えたまま。いいと言うまで誰とも話さない。声を決して出してはいけない。建物の中に入って待ってて〉

恥ずかしいとか他人からの好奇の視線とか、言いたいことは色々あったが弘恵さんのただならぬ様子に美野里さんは従わざるを得なかった。

和紙を咥えたまま店内で三十分ほど時間を潰したところで、漸くOKが出た。普段、店内を彷徨くよりも三倍近い時間が掛かっている。

大袈裟に溜息を吐きながら、ここぞとばかりに待たされたことを詰《なじ》るあゆみさんの顔が容易に想像できて、美野里さんは酷く憂鬱《ゆううつ》になった。

だが予想に反して、玄関の扉を開けた途端あゆみさんにしがみつかれた。顔面は蒼白でガタガタと歯の根も合わぬほど震えている。

「あれがいた、あれがいた、あれがいた」

「あれって何？　変質者でも出たの？」

自分の留守中に何があったのか。あゆみさんの変貌振りに思わず問い返す。

「あれ……あれ……あれは何だろう。何であんなにでっかいの？　ねぇ、あれ何だろう？」

「何が？」

繰り返し同じことを呟くあゆみさんに美野里さんは眉根を寄せた。

「ねぇ、こんなこと言いたくないけど……変な薬とか、やってないよね？」

そう問い掛けても返事はない。俯いて震えるばかりだ。

と、そのときメールの着信音が響いた。

〈もう一度、建物の中に入って和紙を咥えて〉

メールの通り玄関の扉を閉め、鞄の中から唾液で若干ふやけ気味の和紙を取り出して咥えた。

レジ袋をそのままにしている訳にもいかず、とりあえず冷蔵庫へ缶ビールを仕舞う。その間、あゆみさんは美野里さんの傍から離れなかった。

――コツ、コツ。

ベランダから窓ガラスを叩く音がする。

あゆみさんが怯えていたのはこれか。

美野里さんは〈変質者がいたら警察〉と走り書きしたメモと家の固定電話の子機を渡し、カーテンを開けた。

途端、背後から悲鳴が上がる。振り向くとあゆみさんが台所の隅に蹲《うずくま》っていた。頭を抱え、丸めた背中が震えている。

美野里さんは困惑した。ベランダには何もいないのだ。

とりあえず、念の為に窓は開けずに中からベランダを覗き、そこに誰もいないことと鍵が掛かっているのを確認する。そうして、あゆみさんのほうを振り返って息を呑んだ。

換気のために少し開けてあった台所の小窓に、目が一つあった。

開けてあるのだから、そこに誰か立っているのなら別におかしくはない。だが、横から首を曲げて覗き込んでいると思しきその目は、薄く開けた窓の上部、人間にしてはあまりに高い位置にあった。

悲鳴も出せずに腰を抜かした瞬間、部屋の中を突風が巻き起こった。

生温かくて、重く粘り着くような質量と質感を伴ったその風は部屋の中を掻き回し、一斉にあゆみさん目がけて飛び掛かった。

——ドン！

重い音が響いた。

「オアア、オオウ、ウオオオォッ」

獣のような唸り声を上げ、自分の身体を激しく床に打ち付ける。唖然と眺める美野里さんの前で暫くそうやって暴れた後、あゆみさんはピクリとも動かなくなった。

そこへタイミングを見計らったように鳴り響く携帯電話。

『生きてる!?　無事なの!?』

無意識で応答したその耳に飛び込んできたのは弘恵さんの声だった。

「生きてる……けど、あゆみちゃんが」

『え？』

今あったことを伝え、半ば放心状態で弘恵さんに言われるまま救急車を呼んだ。あゆみさんを送り出した頃には心底ぐったりと疲れ果て、美野里さんは倒れ込むように寝てしまった。

翌日、鳴りっ放しの携帯の着信音で目が覚めた。見れば、弘恵さんから何件もの着信とメールが入っている。

実家から戻ったその足で、あゆみさんの様子を見に病院まで行ったらしい。そのこともあって、美野里さんのアパートまで来ると言うので駅まで迎えに行くことにした。

出かける支度を始めてから気付いた。腕時計がない。

そういえば、昨夜は疲れていたせいか気付かなかったが、香水や化粧品の置き場所も微妙に変わっている。意外に神経質なところがある自分が決してしないような乱雑な置き方。

コンビニに行っている間に使われたのか。

後日、あゆみさんが落ち着いたら訊いてみよう——そう考えて駅へ向かう。

「あゆみの手癖の悪さに助けられたね」

顔を合わせるなり、弘恵さんは美野里さんに腕時計を渡した。やはりあゆみさんが持っていたという。

「あゆみちゃんは?」

「生きてるよ。暫く学校には来れないだろうけど」

それ以上の説明を弘恵さんはしなかった。これはどういうことなのか、一連の出来事について問い質したが、一切答えなかった。

「もう大丈夫だろうけど、これは持っていたほうがいい」

答える代わりに、三センチ四方の和紙を束ねた御守りをくれた。

間もなくして弘恵さんは大学を辞め、それ以降美野里さんは彼女と会っていない。


この話を預かった翌日、私の携帯に見知らぬ番号から着信があった。

マナーモードにしていたために気付かなかったのだが、番号に覚えはないし、用事があればまた掛けてくるだろうと、深く考えもせず放っておいた。

二日後の朝六時、同じ番号から着信。

「はい」

『もしもし、美野里ちゃん？』

「違います」

そう答えると、何も言わずに切られた。

着信履歴から折り返し掛け直してみたが、『現在使われておりません』とのアナウンスが流れるのみ。

すぐに美野里さんに連絡を取った。

実は弘恵さんが大学を辞めた後、美野里さんは彼女の実家に電話をしたのだという。

しかし電話は既に使われていなかった。

その上、美野里さんはいつの間にか弘恵さんの携帯番号をなくしていた。そのため、同窓会の幹事をしていた人に問い合わせた。

そこで判明した十年前の番号が正に私の携帯に掛かってきたものだったのである。

そして今日、もう一度電話をしてみた。

〈お客様のお掛けになった電話番号は現在使われておりません。番号をお確かめになって――〉

やはり同じアナウンスが流れただけだった。

トッケイの鳴く町で

トトトトト……。

トッケイ！　トッケイ！

トッケイ！　トッケイ！


正田さんが学生時代に学友達とタイを旅したときのことである。田舎町の映画館でセリフの分からないタイ映画を観て、夜更けに宿泊先のゲストハウスに戻ってきた彼らはそんな鳴き声を聞いた。

今のが噂に聞くトッケイの声か——正田さんはささやかな感動を覚えた。

このゲストハウスの一階にはトイレがある。先程から小用を我慢していたので、部屋へ戻る前にここで済ませてしまおうと思った。トイレのドアを開けると——。

床に大きなトカゲがいた。彼の出現に驚いたのか、円を描くように同じ場所を駆け回っている。正田さんも驚いて棒立ちになってしまった。トカゲは体長四十センチ近くもあり、丸々と太っていた。薄いブルーの身体にオレンジ色の斑点がある。

トッケイだ。何か獲物を捕ったらしく口から長いものをぶら下げていた。

――ネズミか……？

トッケイはヤモリの仲間でよく人家の屋根裏に棲み、虫や小型のネズミを食べるのだ。

よほど慌てていたのだろう、獲物を放り出して壁を駆け上がると、少し開いていた窓から外へ逃げていった。

床にトッケイの置き土産だけが残された。

光沢のある金色と赤の布――小さな衣服らしい。そこから手足が突き出していた。人間の姿に似ているが、ハツカネズミほどの大きさしかない。大の字に伸びていて微動だにしなかった。よく見ると、首を食われていて噴き出した鮮血が床に広がってゆく。それは民族衣装の上着《サバイ》と巻きスカート《パーヌン》を纏った女の姿のようだった。

正田さんは小用どころではなくなってトイレから飛び出した。先に部屋へ戻ろうとしていた友達を呼んできて見せると、やはり「小さな女の死体に見える」と言う。

従業員に知らせようとしたが、たまたまフロントには誰もいなかった。

翌朝早く同じトイレに入ってみると、蟻の群れがたかって死体は真っ黒になっていた。

ボコボコ

東京在住の清水さんは蝶が好きで、毎年秋になると、二カ月間、沖縄県の八重山諸島に渡る。この時季には台湾やフィリピンなどから台風によって飛ばされてきた迷蝶《めいちょう》がいるので、馴染みの民宿に長逗留して採集するそうだ。それなら海外に行ったほうが手っ取り早い気もするが、日本国内で捕ることに価値があるのだという。

「僕は会社員なんですけど、普段はサービス残業でも休日出勤でも何でもするから、代わりにまとめて二カ月分の休みを貰いたいと交渉して、許可を得てるんです。まあ、普通の会社じゃ絶対に無理でしょうね」

職種は秘密、とのことである。

「でも、僕なんかまだまだですよ。プロにゃとても敵《かな》いませんから」

清水さんはある島の〈虫屋〉が集まる民宿で、大阪から来たプロの採集者と仲良くなった。標本やペット用の昆虫を販売している三十代の男性で南谷さんという。

彼は朝から晩まで休まず歩き続けてもけろりとしていて、他の採集者が寄り付かない険しい山へも入り込む。野宿を得意とし、いつもリュックに自分の身体よりも少し大きなビニールシートを一枚入れていて、それを地面に敷くだけで何処でも身を横たえて眠ることができる。ハブや様々な毒虫が棲む密林も怖くないそうだ。雨が降る夜はビニールシートを頭から被ってしゃがむだけで、そのまま翌朝まで熟睡できるらしい。

ある日、南谷さんは「野宿する予定で採集に行く」と言い出した。原生林に棲む大型甲虫、ヤエヤママルバネクワガタの大物を狙うという。清水さんも誘われたが、クワガタには興味がないし野宿もできないので断った。従ってここからは又聞きの話となる。

南谷さんはレンタカーで林道を進み、車では入れない小道を見つけると、徒歩で密林の奥深くへ入り込んだ。やがて大きな洞のあるシイの巨木が何本も生えている場所が見つかった。いかにもヤエヤママルバネクワガタがいそうなポイントである。もっとも、夜にならないと姿を見せないので、近くの草地にビニールシートを広げて休むことにした。

食糧は食パン一斤しか持参していないが、水は二リットル分の用意がある。水さえあれば、彼は一週間近く何も食べなくても平気なのだ。採集用具の入ったリュックを傍らに置き、水の入ったペットボトルを枕にして仰向けになった。

仮眠するつもりが熟睡していたらしい。目が覚めると日が暮れていた。

ボコッ……。ボコッ……。

シイの巨木のほうから奇妙な音が聞こえてくる。湯が煮え立つような音であった。

南谷さんはリュックから懐中電灯を取り出して音がするほうを照らした。しかし、蛾が舞うばかりで怪しげなものは何もいない。

ボコッ……。ボコッ！　ボコボコッ！　ボコボコボコッ！

音が大きくなってきた。少しずつ近付いてきている。けれども、目の前には草木と真っ暗な深い闇があるばかりだ。

(木の陰にイノシシが潜んで鼻を鳴らしているのかもしれない)

猪突猛進で襲ってくる前に威嚇しなければ——。

南谷さんは「ウオオオオッ!!」と叫んだ。

それでも物音が止むことはなかった。そして——。

ボコッ……ボコボコッ、ボコッ……。

と、間近から同じ音が響いてきたのである。だが、そこには水の入った大きなペットボトルがあるだけだ。一方、夜陰からの物音は更に接近してきた。すると、ペットボトルからの物音も呼応するように大きく響き始めたという。

ペットボトルを手に取って隅々まで確かめたが、外見の変化はない。ただ、酷く冷たかった。秋の夜とはいえ気温は三十度近くある。水はすっかり温まっていたはずなのだ。

そこへ夜陰からもひんやりとした空気がにじり寄ってきた。

南谷さんは初めて全身に寒気を覚えた。ハブもリュウキュウイノシシも恐れない彼が、このときばかりは身の危険を悟り、得体の知れない相手に恐怖を感じたという。

ペットボトルを手放し、懐中電灯だけを持って逃げ出していた。真っ暗な密林の移動は途轍《とてつ》もない緊張感を伴うものだったが、懸命に走った。

林道へ出てくるまでに一時間半を要した。幸い車のキーはズボンのポケットに入れてあったので急ぎ車に乗り込み、午後十時頃に民宿へ戻ってきたそうである。


その夜のうちに南谷さんが部屋を訪ねてきて、清水さんはこの一件を耳にした。初めは半信半疑であった。

「清水君、お願いがあるんや。採集用具をぜぇんぶ森に置いてきてしもぅたんや。そやさかい、明日一緒に取りに行ってくれへんか？」

南谷さんの青ざめた顔を見た清水さんは〈なあんだ、兵《つわもの》だと思っていたのに意外と度胸がないんだな〉と内心おかしく思ったが、二つ返事で引き受けた。ついでにその方面へ迷蝶を探しに行くつもりだった。

翌朝、その場所へ向かったところ、草地に敷かれたビニールシートの表面が硬い氷に覆われ、無数の蛾の死骸が凍り付いていた。濡れた状態で雪山にでも放置していたかのようである。ペットボトルの水も凍結していた。これには南谷さんばかりか、清水さんも唸ってしまった。

「逃げ遅れたら、凍死していたかもしれませんね……」

この日の気温、三十三度。湿度が高い密林では噴き出す汗が止まらない。

だが、その辺りだけは空気がやけにひんやりとしていた。

フランスのとある村の話

妻の友人で、海外を拠点に活動するカナエさんという女性舞踏家がいる。

彼女から聞いた話である。


フランスのとある小さな村。

その村は自治体の支援を受け、世界中から訪れるアーティスト達が安価で長期滞在できる体制が整えられている。

村人達の温かい歓迎と美しい風景、ゆっくりと流れる時間の中、芸術家達はそこでインスパイアされたアートを生み出したり、滞在者同士の交流から新たなプロジェクトを立ち上げるきっかけを作ることに切磋琢磨する訳だ。

カナエさんがその芸術村に滞在を始めてから幾日目かのことである。

「カナエ、肝試しに行こう」

村で知り合った若者達からそう誘いを受けた。

行き先は村でお決まりの場所だそうだ。

街灯の類いが殆どない村内を、それぞれが手に持つ懐中電灯を頼りに歩くと、程なくコンクリート舗装された駐車場に着いた。

落ち葉と枯れ木が散乱し、何の用途に使われるとも知れない古い工具と機械が埃を被ったまま放置されている様子から、その駐車場は現在使われていないことが分かった。

「ほら、これ見てごらん」

若者の一人が懐中電灯の明かりで照らした先には、ガラスが粉々に割れた黒焦げの車が一台あった。


昔、村にある男がいた。

彼は村で生まれ、村の女性と結婚し、三人の子供を儲けた。

子供達は、成人する前に村を出て就職した。

男は老年を迎え、妻は病気で死んだ。

伴侶を失ってから、男の様子がおかしくなった。

友人が彼の家に訪ねても、家にいるはずなのに返事がないことが多くなった。

そして、小さな村であるにもかかわらず、何週間も誰一人彼の姿を見ることができなくなった。

明かりが点いたり消えたりしていることから、家にいることは確かであった。

そして心配になった村人の一人が、彼の長男に村へ戻って父の様子を確かめるよう一報を入れた。

急いで実家に戻った息子が家の様子を見ると、至る所にたくさんの大小様々な鏡が置かれていた。

父——男は家にいなかった。

そして、男の家は火事で全焼した。

息子が父の姿を求めて、村を歩き回っていた晩のことだった。

火事跡から、男の遺体は見つからなかった。

翌日の晩、村の共有駐車場から火の手が上がった。

炎上していたのは男の自家用車だった。

男は車内で焼死していた。

後の警察の調べでは発火の原因が全く分からず、〈証拠はないが、恐らく自殺〉であると断定された。

カナエさんは男の車の残骸を目の前にして、ここまでを聞かされた。

話はまだ続いた。

この村には古くからのならわしがある。

それはこの村で生まれた男は、成人する前に必ず村を出なければならないというものだった。

もしも、このならわしに従わなかった場合、その者は必ず事故か火事に遭う。

確かにカナエさんが村で出会う男は皆、村の生まれではなかった。

しかし、本当にそんなことがあるのだろうか。

カナエさんの数カ月に及ぶ芸術村滞在期間中、ある一人の男性が自動車の事故で大怪我を負った。

訊くと、彼は村で唯一の〈村で生まれた成人男性〉だったそうである。

四階にて

玉木は高校の頃、軽音楽部に所属していた。

「毎年、夏の合宿があったんです。長野の山奥に合宿所があって、そこで二泊三日するんですよ」

高校生、夏の合宿、長野の山奥、とくるとなかなかの役ができてくる。

「合宿所の近くには廃墟があったんすよ。旅館を改築したような、野暮ったい造りのリゾート用のホテルでしたね」

そこへ、更に一役が乗った。

毎年、部活の伝統として、ホテルでの肝試しが行われていた。

広いロビーに、幅が広い階段。真っ暗な屋内を懐中電灯で照らすと、そこかしこ漏れなく朽ちている。

剥がれたカーペット、湿気で腐った壁板、澱《よど》んだ空気の匂い。いつからある建物なのか、何の謂《い》われがあるとも知らないが、雰囲気は十分だ。

部員数十人が銘々に建物の中で散ると、集団の喧《やかま》しさがなくなるだけの広さもあった。

廃墟に向かう下りの山道から、玄関を入ってすぐを地下一階とし、上は四階まである。

一年生、二年生達は強制参加で、三年生は希望者のみが参加する。

初日の日中に下見をして、一泊目の夜に決行。

二泊目の夜以降においては誰一人そこへ行こうとしないという流れもまた、自然に出来上がった伝統である。

玉木は後輩として二回、先輩としては一回、その廃墟に入っている。

「最初の二回は行きたくなくても、先輩の命令だからしょうがなしに行くでしょ。でも三年になると、やっと怖がらせる側に回れるってんで、自分から行くのを志願しちゃうんすよ」

ここまでなら、彼らの不法侵入の罪はこの際触れないとしても、全ては健全な肝試しと思える。

「それで、ここからなんですけど……」


玉木、三年目の肝試しのことである。

その年は約四十人の部員が参加した。

深夜、合宿所から徒歩で数十分ほど歩いたところに、ホテルはある。

先輩の引率で、一行はつつがなく到着した。

幅の広い、ガラス張りの玄関のドアを開け、中に入った。その建物に防護柵の類いは全くない。堂々と入り放題という訳である。

入ってすぐのロビーから先、屋内では皆が自由行動となる。

要は、なんとなしに集った小さなグループで館内をひたすらうろうろするだけだ
地下ロビー、一階、二階、三階までは暗闇に怯えながらも、幾らか楽しんで散策できる。

ただ四階だけは、かつて誰一人としてそこに上がった者はいないという。

三階から四階に上がる階段を見上げると、踊り場がある。

他の階段の構造と全く同じ、何の変哲もない中四階だが、誰もがそこを電灯で照らすだけで、怖気づく。ここを上ろうとは、到底思えない。

何故かは分からない。もしかしたら歴代の先輩達が〈四階がとにかくヤバい〉と吹聴し続けていたため、何かしらの強い錯覚が喚起されているだけなのかもしれない。

玉木が言うには、

「四階から溢れる雰囲気が半端ない」

とのことだ。

玉木は、同級生の内藤、一年生の村上の三人で行動していた。

「村上、怖ぇだろ」

「内藤さん、ここ、マジでキツイっすねぇ……うわあ、あそこの壁ボロボロじゃないっすかぁ……」

よほど、こういう類いが苦手なのであろう、動揺で呼吸も荒くなってきた村上の様子を見て、内藤は満足げだった。

内藤は学内でも五本の指に入るほどサディスティックな男だ。

対して、村上は常におどおどしており、ことあるごとに妙なリアクションをして失笑を買う、弄られキャラである。

「ほら、そこに変な影ある」

「うう、うわぁぁ！」

「嘘だよ。何だ、その声」

そんな二人のやり取りは滑稽《こっけい》で、玉木もまた村上の様子を見ると堪らず内藤と笑ってしまう。

玉木は、去年と一昨年にはあれほど気味が悪かった一階の和室大広間、二階の小さなトイレ、建物全体を覆う暗闇を楽しんでいる自分に驚いていた。

それだけ成長したということか、或いは慣れか。

内藤が二歩前を歩く村上の背中をドンと押した。

「ううひぃぃぃっ」

他人の不幸は蜜の味、か。

三人は三階に辿り着いた。

階段を上りきると、内藤が軽い調子で言った。

「村上、おまえはあれだな。四階だな」

「え。マジっすか……」

「マジだな」

「とりあえずこれ見ろって」

三人は四階に続く階段を照らした。

件の中四階踊り場だ。

「うわあああああ！　何すかこれ！」

「ふぅん。怖ぇか？」

「気持ち悪いっすよ！　ほらこんなに鳥肌立ったっす！　うわっ。うわぁぁ」

玉木は大袈裟に喚く村上を見て、かつての自分を思い出した。

改めて見ると、そこにあるのは何の変哲もないただの踊り場だ。

誰かがそこにいる訳でも、取り立てて派手に朽ちている訳でもない。

立場が変わると、モノの見え方も変わるものだ。

「行ってきなよ」

「なんすかぁ。玉木先輩までそんなこと言うんすかぁ？」

このまま、先輩二人掛かりで強いたら、必ず村上は四階に行くだろうと玉木は確信していた。彼に一人で行かせたら、後でさぞかし面白いリポートをしてくれるだろう。

「いいから行けって。何もないよ。行ったらおまえを見直すぞ」

「そうだ。おまえは玉木に見直されたほうがいい。行け。こうやってても時間の無駄だ」

「……うーん」

「な？」

「はい……」


合宿所では、三年生の肝試し不参加組の半数が既に就寝していた。

他の半数は、食堂でわいわいと夜更かしを楽しんでいた。

保護者の顧問教師は早々に眠りに就き、生徒の自由を許していた。

「おお。おまえ起きたのか？」

先に寝ていた松田が食堂に姿を現し、仲間の輪に入った。

「嫌な夢見ちまってよ」


「おお。行ったな」

「行ったなぁ」

村上は振り返りもせずに階段を上り、踊り場をすっと折れた。

ボスボスと鳴る足音が上方へ遠ざかっていく。

「いつ帰ってくるかね」

「いいよ。うちらは行こうぜ。誰か面白そうな後輩見つけたら、そいつを弄って遊ぼうよ」

内藤の提案に玉木も納得し、二人は再度屋内を彷徨った。


「他所で寝ると、寝付けないもんだよ」

「いや、俺はそういう感じでもないはずなんだけどな」

「んな、嫌な夢見たのか」

「ああ、かなりな」

あはははははははははははははははははははははははははははははははははははははは
はははははははははははぁっあはははははははははははははははははははははははははは
ははははははははははははっはははははははははははぁ。

突如、ホテル内全体に、甲高い大きな笑い声が響いた。

幾人かは堪らず外へ逃げ出したり、どうしていいか分からずその場で足を止めたが、多数のものが声の発信源があるらしき上階へ向かった。

声の響きがはっきりとした人のそれだったため、何かが起きているのなら確かめようという好奇心が驚きより先に立ったのだ。

そのとき、玉木と内藤は二階にいた。

もしや、と思い三階まで上がると、既に四階行き階段の前に人だかりができていた。

そして、中四階でへたり込み、身を捩じらせながら笑う村上の姿が、皆の持つ電灯で煌々と照らされていた。


食堂に外からの冷気が入り込むと同時に、ガヤガヤと肝試しの一行が合宿所に帰ってきた。

皆、興奮した様子だ。

「おお。お帰り。その様子だと、もしやなんかあった？」

「何かあったも何も、一人おかしくなっちゃったよ」

「えー？　マジかぁ？　誰？　誰？」

「今、本人が来るから聞いてみなよ」

「……もしかして村上か？」

松田がそう言うと、それまでニヤニヤしながら話していた同級生は顔色を曇らせた。

「え？　もう聞いた？」

玉木と内藤が、踊り場まで上がり村上を引き摺り降ろした。

村上はすっかり腰が抜けているようで、身体を震わせ、ひっ、と声を上げたり、ふふ、と笑ったりするばかりだ。

こうなっては部活の伝統どころではない。皆でホテルを出て、合宿所に向かった。

山道を進み合宿所に向かうにつれ、村上は身体の力を取り戻し、様子も幾分まともになった。

「おまえ、何があった」

内藤が訊ねた。

「う、覚えてないっす。僕、どうしたんすか」

「全然、覚えてないのか？　何処から覚えてない？」

「階段昇ったとこしか……」

「……そうか」


「村上、今は大丈夫なのか？　何があった？」

三人が食堂に入ると、真っ先に松田が話しかけてきた。

玉木がことの顛末を話すと、松田は、

「うーん、そうか」

と、頷き、こう話を続けた。


――いや、俺。夢見たんだよ。

夢の中に俺の姿はないんだ。

場所はシングルベッドと小さな机がある十畳くらいの洋室の中だな。

分かるだろ？

ホテルの部屋ん中だよ。

俺も行ってるから、ピンときたんだ。

ここはあのホテルの客室だなって。

でね、窓辺に村上と女が立ってて。

ただ、外を見てるんだ。

二人ともただ、外を見てるんだよ。

どんな顔で、どんな服を着た女か思い出せないんだけど、女だってことは覚えてる。顔も思い出せないけど、表情がなかったことは覚えている。

村上も能面みたいな顔だった。

感情を失ったような。

長くて黒い髪をした女だった。

窓の外は真っ暗で。

村上とその女は手を繋いでいたんだよ。

目覚める前、俺は二人を後ろから見ていたんだ。

女がゆっくりとこっちに振り返ろうとしたところで、俺は目が覚めたんだ。

現在も、軽音楽部の合宿は続けられている。
より一層の味わいが増した肝試しの伝統も、まだ守り続けられている。

スプリンクラー

佐田さんは短期出張で九州のとあるビジネスホテルに連泊することになった。

初日、ベッドに入ってうとうとしていると、ライトを消してあるはずの天井がやけに眩しい。光源となるものは何もないはずだと薄く目を開けて確認した。

すると、空中に炎の塊が激しく燃え上がっているのが目に入った。

激しく燃えさかる人魂であった。中心部には歯を食いしばって何かに耐える男の顔。

それが天井付近をふらふらと彷徨っている。

布団を掻き抱きながらじっと見ていると、天井のスプリンクラーに炎の塊が触れた。

その瞬間、けたたましい警報音が鳴り響いた。それとともに、部屋の中に激しく水が降り注いだ。佐田さんは慌ててユニットバスに退避した。

スプリンクラーから激しく噴出する水で、炎の塊はジューッという大きな音を立てて消えてしまった。

「大丈夫ですか！」

警報音の中、ホテルの従業員がドアを激しく叩いた。佐田さんは大丈夫ですと繰り返しながら慌ててドアを開けた。

飛び込んできた従業員は、部屋の惨状を確認すると、大丈夫ですか、火事ですかと何度も繰り返した。

佐田さんは、火事ではない。スプリンクラーが誤作動したみたいだと告げた。

消防立ち会いの検証の結果、火の気は認められなかったということで、スプリンクラーの誤作動だろうという結論になった。ホテル側は平謝りであった。

怒声

　現在、桑田さんは外資系の会社に勤めており、毎週のように各地の支社に出張している。ある年のゴールデンウイークに一週間の出張が入った。行き先は大阪である。そこで宿の予約を取ろうとしたが、時期も時期なのでなかなか予約が取れない。何件も電話して、やっと古いビジネスホテルを予約できた。

　当日、仕事を終えてホテルにチェックインした。

　フロントで渡された鍵でドアを開けて部屋に入ると、室内に人の気配があった。

　部屋に備え付けられた椅子には、頭を剃り上げた初老の男が座っていた。太り気味の身体に白い半袖のカッターシャツ。その袖から彫り物が溢れていた。見るからにヤクザ者だ。

　男はこちらの気配に気付いて振り返った。

「何じゃお前はッ!!　誰に断って部屋入っとるんじゃッ!!」

　男は桑田さんを睨みつけ、ドスの利いた声を上げた。

「す、すいません！　部屋間違えました！」

　飛び上がって廊下に走り出た。

しかし廊下で桑田さんがドアのキーを確認すると、予約した部屋に間違いなかった。

そこで再び恐る恐るドアを開け、部屋の中を窺《うかが》った。

誰もいない。先程の初老の男は消えていた。部屋はクリーニングされた状態だ。

自分の見たものは幻だったのだろうかと首を傾げながらシャワーを浴び、ベッドに横たわる。仕事の疲れもあってすぐに寝てしまった。


「何じゃお前らはぁッ!!」

夜中、突然の怒声で目が覚めた。先程の男の声だ。その直後、

「うわぁ――――ッ!!」

男の絶叫が部屋に響き渡った。

桑田さんは飛び起きると、今の声は何だと辺りを見回した。

誰もいなかった。あれは断末魔の声ではなかったか。怖くて朝まで寝られなかった。


結局、出張中の一週間、毎晩怒声で起こされた。稀にドアを開けると初老の男から怒鳴られる。これは耐えられないとフロントに相談したが、時期的なこともあって代わりの部屋が確保できず、結局出張の間、部屋は交換してもらえなかったという。

平手打ち

フィリピンのマカティというオフィス街にあるホテルでの話だという。

そのホテルの一室には、三十代の男性が部屋を借りて暮らしている。

彼は地方の裕福な家の出身である。故郷から仕事の関係でマカティに出てきたときに、住居を借りようと物件を見て回ったが、どの部屋にも満足できず、ホテル暮らしを始めた。

そしてホテルに滞在を始めて二週間が経った。その夜、寝ていると額に水滴が落ちたような感覚があった。目を開けると眼前に裸足の足の裏が浮いている。

驚いて飛び起きると、もう何もなかった。

気のせいだ気のせいだと自分に言い聞かせたが、それ以来、寝ようとするたびに人の気配がする。眠りも浅く、すぐに目が覚めてしまう。

気になって仕方がないので、ホテルに言って部屋を替えてもらおうとした。しかし、いつ問い合わせても空きがないという返答だった。

怖いので、部屋を暗くして寝ることができない。毎晩明かりは点けたまま横になる。

いっそのこと逗留するホテルを替えてしまおうかとも考え始めた。

その夜のことである。

いつも通り明かりを点けたままベッドに入った。

夜中にふと目が覚めた。人の気配を感じて目を開けると、煌々とした明かりの下、再び裸足の足の裏が視界に入った。横になった自分の額の上に、誰かが浮いているのだ。

視線をずらして上を確認すると、ピンクのスカートに白いTシャツ姿の長い髪の女性だということが確認できた。顔を下から見上げると、若く、顔立ちも整っている。タイプだった。その瞬間、怖かった気持ちがすーっと消えてしまった。

——可愛いから、いいや。

女性は暫くすると、消えてしまった。

それ以来、あれほど怖かった気持ちはすっかり期待へと変わってしまった。出てきてほしい。早くまた彼女に逢いたい。

彼は夜が待ち遠しくなった。ライトも点けっ放しなら顔も確認できる。

一週間ほど経った頃、再び夜中に目が覚めた。目の前に足の裏がある。

——あ、あの子だ。

彼はうきうきしながら観察を続けた。

——やっぱり可愛いなぁ。綺麗だなぁ。

そして気付いた。

スカート？　スカートってことは――。

彼は顔の位置をずらしてスカートの中を確認した。案の定、足の付け根に下着が張り付いているのが見えた。続いて視点を変えて上半身を観察する。Ｔシャツが濡れている。そこから中の肌がうっすらと透けて見えた。

彼は興奮して、不意に女性の足の裏を触ってしまった。

その瞬間、浮いている女性が彼のほうにちらっと視線を向けて急にしゃがみ込み、寝転がっている彼の頬に強烈な平手打ちを食らわして消えてしまった。

それ以来女性は出てこなくなった。

だが、彼は本格的に女性に恋してしまい、未だにホテルの部屋に住み続けている。

黒猫

北見さんがまだ若い頃、社会からドロップアウトしそうになっていたことがあった。

そもそも周囲から理不尽なちょっかいを出されることが多い。仕事も上手くいかず、人間関係もこじらせ、遂に逃げるようにして部屋を引き払って、全国を転々とした。

「最初は手持ちの金もまだあったからさ、ビジネスホテルとかにも泊まれたんだけどね、次第に懐が寂しくなってくるでしょう。そうすると、労務者向けの一泊二千円くらいの宿泊所に泊まるようになるのよ」

仕事は日雇いだ。しかし体調崩すと仕事にも行けず、収入がなければ宿の代金も払えない。そうなると隙を見て宿を抜け出し、そのまま逃げる。そんなことも一度ではない。

北見さんは一箇所に留まることはできなかったという。何処にいても最後は追われるようにして逃げ去ることになった。自分にはまともな運がないんだ、と思っていた。

「だから結局ね、初夏から秋口までは、ほぼ野宿ですよ。まだ若いから死にゃしません」

要は風雨が防げれば良いだけなので、野宿する場所は幾らでもある。廃屋の軒下、バスの待合所、大きめの公園にある公衆便所の個室にうずくまることもあった。そして何と言っても神社の境内である。特に常駐する神主のいない神社がいい。拝殿の廻り縁に無造作にごろんと寝転がって、夜の間じゅう休ませてもらう。朝になると、氏子の人が掃除に来たりと面倒なので、暗いうちに立ち去るのが北見さんの信条だった。

もう秋も深まろうという時期だった。北見さんは静岡県の海辺の街を訪れた。数日前に関西のほうで現場を終え、東海道線に乗った。腹が減ったので停まった駅でふらりと降りたのだ。まだ少しなら財布に金が入っている。しかし、一晩の宿代で数日食いつなげると思うと、宿を取って泊まる気にはならなかった。そもそも勝手を知らぬ初めての街である。

飯を食った後、普段通り神社で野宿することに決めた。呑み屋街の端からふらふらと山のほうに歩いたところ、鳥居の向こうに階段が見えた。登っていくと、いい感じに寂れた神社があった。時刻は夜九時を回っていた。木々の梢《こずえ》に遮《さえぎ》られて、境内には月の光も届いていない。真っ暗な中に薄ぼんやりとした蛍光灯がぽつんぽつんと灯っていた。

北見さんはまっすぐ賽銭《さいせん》箱の前に立つと、拝殿を見上げた。柏手を打ち、そのまま拝殿に続く階段を上がった。廻り廊下を建屋の左手に歩いていく。流石に拝殿の前面に寝転がるほどの肝の太さは持ち合わせていない。

そのとき、曲がり角に足元に箱が置いてあるのに気付いた。白い熨斗《のし》の巻かれた黒い箱だった。明かりの乏しい中では正確な色は分からない。縦横はおよそ三十センチの正方形で、高さは十二、三センチだろうか。大振りな箱だ。中身は何だろうかと興味が湧いた。

北見さんは行く手を遮る箱をまじまじと見た。

神社に何の入った箱を持ってきたというのか。熨斗が巻いてあるということは、神さん宛のお使い物ということか。熨斗も取っていないということは何であれ新品だろう。食い物だったら腐らせてしまうのがオチだし、食い物じゃなくても常駐の神主がいない以上、氏子がゴミに出して終わりだ。勿体ない。ここは一つ俺が戴いても悪くはあるまい。

そんなことを頭の中で弄びながら、箱を跨ぎ越して拝殿の横手に回った。提げている鞄は上から蓋を被せる形の肩掛け鞄だ。換えの下着やほつれたタオルなどを無造作に突っ込んである。それを枕に横になった。この街が海に近いというのは知っていたが、横になっていると不意に鼻孔に潮の香りが届いた。北見さんはすぐに眠りに落ちた。


目が覚めた。自分がどれだけ眠ったのか見当が付かなかった。もうじき朝なのか、それともほんの少しの間のうたた寝だったのか、その判断ができない。頭の中はすっきりしていて、寝不足というほどでもない。北見さんはそのままの姿勢で目を開き、周囲の音に耳を傾けた。林の下生えから秋の虫が鳴く声が届いている。先程より気温は下がっているようだが、やはり今が何時だか見当が付かない。

(そうだな。一度コンビニまで出向いてもいいか)

　小便もしたかった。明け方近いならそのまま旅立てばいい。そうでなければ河岸を変えてもう一寝入りしても良いのだ。そう思案していると、不意に頭の上にあるはずの箱が気になった。顔を上げると、まだ箱は先程の状態のまま置かれていた。

　手を伸ばして箱に触れた。指先で軽く押してみたが動かない。中にはずっしりと何かが詰まっている。缶詰か何かだろうか。期待がむくむくと頭をもたげた。

　北見さんは起き上がり、箱に向き直った。

　熨斗紙は箱を一回りしている。普通の熨斗紙ではない。薄墨で描かれた不思議な水引の模様だった。両手で箱を持ち上げてひっくり返すと、テープで留められていた。それを丁寧に剥がす。缶詰なら中でゴトゴト動くはずだが、その動きが伝わってこない。場所柄、酒の瓶かビールの詰め合わせかと期待していたのだが、当てが外れた。そうなると、中身を持ち去るかどうかは別として、何が入っているか知りたくなった。とにかく中身はずっしりとしており、ゴトゴト言わないもの。

　蓋を開けると、白い柔らかい薄紙に何か真っ黒なものが包まれていた。触ってみると柔らかな毛並だ。だが、指先に触れたその毛は恐ろしく冷たかった。

これは猫のぬいぐるみだ。実物大の黒猫を象《かたど》った人形だ。そう考えた。

北見さんは落胆した。酒や食い物ではなかったからだ。しかし、すぐに考え直した。

(これ、古道具屋に売れば良い値段になるんじゃねェか?)

そうなれば無下にすることはない。箱のままだと鞄に入らないので、中身だけを箱から取り出した。丸くなって寝ている黒猫のぬいぐるみを鞄に押し込み、そのまま神社を立ち去ろうとした。

神社の階段を何歩か降りようとしたときに異変が起きた。

シャアーーーーーー!

自分の提げている鞄の中から、獣の唸る声が聞こえた。ばりばりと鞄の内側を引っ掻く音もする。猫だ。猫がいる。

何事かと鞄を持ち上げると、やはりぼこりぼこりと中で何かが動いている。

鞄を放り投げようとしたときに、鞄の蓋との隙間から黒猫が顔を出した。猫はぬるりと鞄から抜け出ると、北見さんの足元を駆け抜けた。それでバランスを崩し、階段を踏み外した。あっという間に転がり落ちた。もう、そこからの記憶がない。

北見さんは階段の下で血を流して倒れているところを、境内を清掃に来た氏子に発見された。最初は死体が転がっているのかと思われたらしい。だがまだ息がある。警察と消防に通報された。救急搬送されて、気付いたときには入院することになっていた。

搬送されている間、北見さんは譫言《うわごと》のように、

「猫は？　あの黒猫は何処に行きましたか？」

と、救急隊員に何度も訊いたという。もちろん、北見さんにその記憶はない。

ただ、警察も立ち会っての現場検証もあったというが、一人として猫どころか、例の〈箱〉を見たと言う人もいなかった。


北見さんはこのとき以来、憑き物が落ちたように放浪を止めて仕事に打ち込み、身を立て直した。

「理由？　うーん。あれ以来、何か邪魔されそうだなってときにはあの黒猫が来るんだよ。あのときの神社で会った黒猫。黒猫が出ると、ちょっかい出してきた奴らとか、邪魔しようって奴らがね、次第に姿を見せなくなる。猫は俺に別段何かをする訳じゃないんだが、悪いこととか理不尽な邪魔が入らなくなって人生楽しくなってね。運が巡ってくるんだ」

うん。皆、信じないけどね。黒猫は俺の神様だよ。

北見さんはそう言ってはははと笑った。

手

熊本県での話である。

伊織さんは学生当時、遠距離恋愛していた。遠距離と言っても自分は福岡に住んでおり、彼氏は熊本に在住である。逢うのは月に一度。多くても二度。逢える時間は一泊か二泊。お互い学生で、経済的にも恵まれているという訳ではない。切り詰めながらデートの資金を貯め、逢う度にレンタカーを借りて様々なところに遊びに行ったが、いつも最後はラブホテルに入り、二人きりで一緒の時間を過ごすのが恒例だった。

そのときも伊織さんが帰る前夜からラブホテルに泊まることになった。高速道路のインターから少し奥まったところに、ホテルが何軒も並ぶホテル街がある。

車を走らせていると、周囲の立て看板から、あるホテルがリニューアルオープンして一週間ほどだということが読み取れた。同じ料金なら綺麗なほうがいい。

二人はその立て看板のホテルに向かうことにした。

部屋に入ってすることをした後、彼氏が先にシャワーを浴びに行った。伊織さんがベッドに横たわって待っていると、不意に、

「仲いいんだね」

　女性の声が聞こえた。

　正確には女性の口調だが、女性の声かどうかまでは分からなかった。

　伊織さんは起き上がって周囲を見回した。

(誰かいるのかな)

　不安になったが、もちろん部屋に誰もいるはずがない。ベッドの下も覗いてみたが、当然のことながら人が入れるような隙間はなかった。

「あのねぇ、私、ここで殺されたんだ」

　また同じ女性らしき声がした。だが、最初の声のときにはよく分からなかったが、今度は耳から聞こえてくる声ではないと感じた。頭の中に直接響く声だった。

「聞きたくない、聞きたくない、聞きたくない、やめてやめて！　やだやだやだやだ！」

　耳を押さえて声を出し、何とか言葉を聞き取らないように努めた。

　頭の中ではまだ声がずっと喋り続けていたが、聞かないように声を上げていると、喋っている内容はあやふやになり、聞き取れなくなった。

(早く帰ってきて、早く帰ってきて)

　シャワーを浴びている彼氏が早く戻るようにと祈っていると、風呂場のドアが開く音がした。

やっと帰ってきてくれたと彼氏のほうを見ると、彼氏は彼氏で部屋の中をキョロキョロと見回している。何をしているんだろうと思ったが、とにかくこの部屋は怖いから、すぐにホテルを出ようと彼氏に告げようとした。すると急に喉の奥をぎゅうと掴まれたような力が掛かった。声が出なかった。無理に声を出そうとすると、辛うじて咳き込むようなかすれた音が出た。その音では、意味をなす言葉にならなかった。

伊織さんは携帯を掴むと、メール機能を立ち上げ、

〈こわい、すぐにでよう〉

と打ち込んだ。彼氏も同意してくれて、ホテルの部屋を出た。

エレベーターを待っている間に声が出るようになったので、今起きたことを彼氏に説明した。

彼氏は伊織さんの話をふんふんと聞いていたが、意外なことを口にした。

「考えてみたらさ、俺らもうお金ないよね」

言われてみればそうだ。なけなしのお金をはたいてデートしているのだ。次のホテルに泊まったら、恐らく帰りの電車賃が出ない。

「だから、交渉してみないか?」

ホテルのフロントには、鍵とお金とをやり取りする小窓が空いているだけだった。彼氏はその前に立ち、先程泊まっていた部屋でこういうことがあったと事細かに説明を始めた。そして最後に、もうあの部屋にはいられないから、お金を返してくれないかと言った。

だがフロントの返事は、返金はできないというものだった。

「でもあの部屋には一時間もいなかったんだから、宿泊料金じゃなくて、休憩料金にしてくれたっていいじゃないか」

彼氏は再度交渉した。しかしフロントから再度断られた。

二人はだんだん腹が立ってきた。

「何であんなもんが出る部屋に案内したんだよ！ 他にも空きがあっただろうが！」

フロントに怒声を浴びせた。フロントはフロントで、

「お客さんこそ、何でそんな気持ち悪いことを言うんですか！ これから私、その部屋掃除しに行かないといけないんですよ！」

売り言葉に買い言葉である。両者壁を挟んでの怒鳴り合いだ。伊織さんも暫くヒステリックな声を上げていたが、ふと気付くと、彼氏のほうは先程から声を発していない。

伊織さんは、彼氏が怒りすぎてしまって、もう声も出せなくなってしまったのだろうと合点した。そのとき、彼氏は全身を震わせていたからだ。

相当頭に来てるな、と思って見ていると、突然彼氏が伊織さんの腕を掴んで、

「出よう！」

そう言って、そのまま腕をぐいぐいと引っ張った。フロントを後にし、駐車場まで無言で歩いていく。伊織さんは車に押し込まれた。

まだ彼氏が怒っているのだろうと思っていたので、伊織さんは先程のフロントの対応について非難する言葉を繰り返した。

だが、彼氏は押し黙ったままエンジンを掛け、ホテルの駐車場から車を出した。

車はホテル街を後にしてどんどん街中に向かって走っていく。

「これからどうするの？」

声を掛けても返事はない。どれくらい経っただろうか。彼氏が口を開いた。

「お前見なかったのか？」

「え？」

「鏡だよ鏡」

先程のホテルのエントランスに、巨大な鏡が設えてあったのを見なかったのか、と彼氏は伊織さんに訊ねた。

そのとき伊織さんは怒っているだけで余裕がなく、鏡の存在に気付いていなかった。

彼氏は、文句を言っている最中、ふとした拍子に、鏡の中を見てしまったのだと言った。

「あの鏡の中な、白い手が一杯映ってて、俺達を後ろから掴もうとしてたんだ。あそこにいたら、何かまずいことが起きそうな気がしてさ」

だから最後黙っていたのは、怒っていたのではなかったのだ。

「そうなんだ……。でもこれからどうしよう。お金もないしね」

「うん。あのホテル気持ち悪かったし、ちょっとまだ怖いから、明るいところ行こうか」

そのまま街まで走ればコンビニがある。だから、コンビニの駐車場に車を駐めて、それから考えよう。そう話がまとまった。

暫くそのまま車を走らせた。大きめのコンビニがあった。まだ怖いので、コンビニの入口のすぐ目の前、とにかく一番明るいところに車を駐めて一息ついた。

「飲み物でも買いに行こうか」

エンジンを止めてドアを開けようとしたとき、二人とも車のセンターパネルのほうに目を向けた。光沢のある樹脂製のその表面に、何かが映り込んでいた。

それを見た瞬間、二人して声を上げ、転がるようにコンビニに駆け込んだ。

「映ってたよな、映っていたよな！」

彼氏は興奮して繰り返したが、伊織さんは、

「ちょっと待って。何か変なものは確かに見たけど、さっきのホテルのこともあるから、あたし達怖いって思っているから見間違いかもしれないじゃない？　だから、いっせーのせ、で何を見たかを言い合うことにしようよ」

そう提案した。

「そうだよな。見間違いかもしれないものな」

彼氏も同意した。

「いっせーのっ！　せっ！」

お互いに見たものを言い合った。その内容は一致していた。

二人は押し黙ってしまった。今夜はもう、あの車に戻れない。仕方なく、朝が来るまでコンビニの店内で一夜を過ごした。

二人が見たものは、白骨化した腕だった。

センターパネルに映ったそれは、助手席と運転席の間から二人の間に割って入るように突き出されていた。

文句

　九条さんが静岡のとある温泉地のホテルに宿泊していた際に体験した出来事。

　そこは会社の取引先が経営している温泉付きホテルで、毎年十月頭の週末に妻とまだ小さな息子さんを連れて訪れていた。春先や秋口という比較的空いている時期に限り、割安に宿泊できたのだという。

　夕食を終え布団の敷かれた部屋の中で、九条さん一家は我が家にいるかのような気分でゆったりと寛いでいた。

　九時を回った辺りで一服したくなった九条さんは、一階ロビーにある喫煙所に向かうため、部屋を抜け出ようとした。その際、九条さんの部屋のまん前に突っ立っていた、三十代後半程の草臥《くたび》れたトレーナーに黒地のスエットパンツ姿をした女性と鉢合わせをした。

　はっきりとは思い出せないが、何処かで見た覚えのある女性だった。

　九条さんの顔を見るなり女性は、「どたどたばたばたどたどたばたばたうるせぇうるせぇうるせぇ……うぜぇよ本当にうぜぇ……いい加減にしろいい加減にしろいい加減にしろいい加減に……」と、呟くように文句を並びたて始めた。

少し前に息子さんと布団の上で軽くプロレスの真似事をしていた。更に今正に部屋の中では、息子さんがどたどたと音を立てて走り回っていた。

「これは本当に申し訳ない。ご迷惑をお掛けしてしまって……」

九条さんは心から反省をし、目の前の女性に深々と頭を下げた。そして部屋の中に向かって、「静かにしなさい。もう布団に入る時間だぞ！」と声を掛けた。

改めて詫びの言葉を述べようと女性のほうへと身体を向き直る。すると目の前に女性の姿は見当たらない。数秒目を離した間に忽然《こつぜん》と消えていた。

言うことを言ったのでさっさと自分の部屋へと戻ったのだろう、そう一瞬思いはした。だが九条さんの使用している部屋の両隣は空室であった。更にその隣となると確かに宿泊客はいる様子だったが、僅か数秒目を離した隙にそこまで素早く戻ることなどできそうもない。

……気味が悪いな、と身震いをした九条さんだったが、それも一時のことで、一服を済ませ寝る間際に温泉で身体を温めているうちに、そのような出来事があったことなど綺麗さっぱり忘れてしまっていた。

九条さんがその女性について再び思い出したのは明くる日の夜、温泉から東京にある自宅のマンションへと戻ったときのことだった。

親しくしている同じ階の住人に温泉土産を渡しに行った際、こんな話を聞かされた。

昨晩マンションに住むとある女性が眼下に見える路上で交通事故に遭い、昏睡状態に陥り病院に運ばれていったらしいのである。

その女性の住む部屋は丁度、九条さん一家の部屋の真下にあった。


この話を聞いた瞬間、九条さんは漸く思い出した。あのホテルで文句を言ってきた女性はその交通事故に遭ったという、同じマンションの住人だったのである。

そう頻繁に顔を合わすようなことはなかったが、偶に出会って会釈をしようとすると、決まって顔を背け足早に離れていってしまうので何となく気にしていたのだ。

普段気を付けて生活しているつもりであっても、音は階下に漏れ響いていたということなのだろうか？　それもあのような形で文句を言いに来てしまう程までに……。

九条さんは彼女が退院した暁には必ずお詫びに伺《うかが》うつもりでいた。だが残念ながら女性はそのまま亡くなったという。

写真

十五年程前。昌治さんが小学校を卒業する間際の話だという。

当時、昌治さんは父親と母親、そしておよそ一年程前より認知症の症状が悪化し始めていた父方の祖母との四人で暮らしていた。

祖母の世話は、昌治さんの母親が引き受けていた。そのため、母親の表情には日を追うごとに心身からくる疲労の色が濃く見え始めていた。

そんな母親のために昌治さんの父親はあるプレゼントを用意していた。

正月の三が日の休日を利用しての家族旅行。年始くらい介護の手を休め、親子三人水入らずで山陰の温泉地でのんびり過ごそうじゃないかという父親の小粋な計らいだった。

祖母は旅行の間、父親の弟夫婦の家に預け、昌治さん親子は束の間の休息を満喫した。

昌治さんの母親の表情も終始和らいでおり、旅行は滞りなく終わったかのように思われた。

それは旅先の温泉地で撮影した使い捨てカメラが現像から戻ってきた際のこと。

昌治さんの母親が写っている数枚の写真。そのいずれもが顔が朱色に滲み、酷く肥大していた。まるで悪性リンパ腫による顔面のむくみ、もしくは流行性耳下腺炎にでも罹《かか》った子供のような有り様だった。

そのような写真が一枚だけというならばまだ撮影条件が悪い、現像ミス等々、解釈のしようもあったが、一枚ではなく複数枚、それも昌治さんの母親の顔ばかりが狙いすましたかのように変化していた。合理的な説明は付けられない上に、些《いささ》か気味が悪かった。

楽しかった温泉旅行の余韻で和やかだった場の雰囲気は、水を差されたかのように薄ら寒いものへと変化し、折角明るさを取り戻しつつあった母親の表情も硬く強張っていた。


その晩のこと。

昌治さんの父親の弟夫婦の家から祖母が戻ってきた。

その祖母が昌治さんの母親の顔を一目見るやいなや、けらけらと腹を抱えるように笑いだした。

「おかしい！　おかしい！　あなたのお顔、凄く変てこ！」

別段何が付着している訳でもない昌治さんの母親の顔を指差し、祖母は何度も稚拙な言葉を繰り返し変だ変だと笑った。何がそんなに変なのか。その場の誰にも理解できなかった。認知症が本格的になってから一年弱、こんなにも嬉しそうに感情を露わにする祖母を見たのは初めてだった。

そのうちに、そうやって祖母に指差され笑われ続ける昌治さんの母親がぼそりと言った。

「あんたの頭ん中のほうがよっぽど変てこでしょうに……」

これまで懸命に抑え込んでいた感情が遂に破裂したようだった。一言そう言い放つと、昌治さんの母親はすぐに家を飛び出し実家へと帰っていった。

その数週間後、呆気なく父親と母親の協議離婚が成立した。

正月のあの楽しかった温泉旅行がまるで夢か幻であったかのような、性急で唐突な家庭の崩壊だった。

昌治さんの親権は父親のものとなり、その後は暫く父親と祖母との三人暮らしとなった。祖母の世話は、時に近所の介護センターの手を借りながら父親が引き継いだ。だが一年も経たずして祖母は他界した。

祖母の葬儀に昌治さんの母親は一切顔を出さず、また仏前に線香の一本を立てにやってくるようなこともなかった。

以後、昌治さんが母親と顔を合わせたことは一度もないという。

だがそれでも実家に置いてあるアルバムの中には、大切な思い出だからと、あの旅先で撮られた〈顔が朱色に染まり肥大した母親の写真〉が今現在でも数枚納まっている。

老舗旅館

晴香さんと友人は、老舗と呼ばれる旅館に泊まりに来た。

今まで洋風のリゾートホテルにしか泊まったことがなかった晴香さんにとって、歴史を感じさせる旅館の和室は新鮮だった。

「素敵だけど、こういう古い旅館って、何か出そうだよね」

晴香さんが冗談交じりに言うと、友人は手鏡を取り出して、部屋に置かれている鏡台にそれを向けた。

合わせ鏡という奴だ。

「確かにいるね」

友人が呟くように言った。

「何？」

晴香さんは鏡台に映った友人の手鏡を覗き込んだ。

手鏡の中には無限に連なった赤い着物の少女が、畳上に正座して二人を見つめていた。

ぽっちゃりホテル

弘樹さんが中学生の頃、夏休みに親戚達とホテルに泊まりに行ったときの話。

弘樹さんはホテルの夕食を終えると、その日はどうしても見逃せないバラエティの特番があったので、急いで自分と家族が泊まっている部屋に戻ることにした。

彼の部屋はホテルの六階にあった。

エレベーターを待っている時間すらも惜しかったので、階段をダッシュで駆け上がっていった。

「待ってよう〜」

後ろからは、弘樹さんを本当の兄の様に慕っていた小学生の誠司君が、必死で追いかけてくる。

「早くしないと置いてくぞ」

慣れない浴衣をなびかせ、弘樹さんは六階まで一気に駆け上がった。

「あれ?」

六階のフロアー全体を見て、弘樹さんは困惑した。

夕食前まで赤かったはずの床のカーペットが真っ黒だった。

更に廊下の左右に並ぶ各部屋の全てのドアも真っ黒で、部屋番号も書かれていない。

そして壁と天井は対照的に真っ白だった。

「ヒロちゃん、これって何……？」

誠司君が不安げに訊いてきた。

「俺だってわかんねえよ」

弘樹さんも唐突なホテルの様変わりが不気味だったが、弟分の誠司君の手前、ビビっているところを見せる訳にはいかない。

「ついてこい、大丈夫だ」

弘樹さんは後ろに誠司君を連れて、白黒な廊下を自分達の部屋があった辺りまで記憶を頼りに進むことにした。

すると途中、ドアが半開きになっている部屋があった。

弘樹さんがチラリと部屋の中を覗くと、浴衣姿の若い女性が両手に何かを持って彼のほうを見ていた。

女性が持っているのは、ガリガリに痩せて動かない赤ん坊。

弘樹さんと女の目が合った。

女は無表情のまま、赤ん坊を床に落とした。

恐ろしくなった弘樹さんは覗くのをやめて、再び自分の部屋を目指した。

「ねえ、何を見たの？」

そのとき、後ろから誠司君が話しかけてきた。

弘樹さんは振り向いて、浴衣姿の女のことを誠司君に話そうとして、大いに驚いた。

後ろに立っていたのは、知らない少年だった。

怯えた表情をした太っちょの少年。

だが、よく見るとその少年は確かに従兄弟の誠司君だった。

ほっそりと痩せ気味だった誠司君は、ホテルの廊下を歩いている間に一瞬で太ってしまったようだった。

「お前……誠司か？」

弘樹さんがそう言ったとき、彼は後ろから肩を叩かれた。

再び振り向くと、食事を終えて戻ってきた弘樹さんの両親や親戚達が立っていた。

廊下の床は赤いカーペットに戻り、各部屋にはきちんと番号が表記してあった。

「何やってんだ弘樹、テレビ観るんだろ？　部屋に帰るぞ」

弘樹さんの父親が何事もなかったように言う。

「う、うん」

夢から覚めたばかりのような状態のまま、弘樹さんは両親達と部屋に戻った。

現在、弘樹さんは大学生に、誠司君は高校生になった。

弘樹さんには何もおかしなことは起きていないが、誠司君のほうはあのホテルの夜以来、ずっと太ったままだと言う。

そのことについて弘樹さん以外は、誰も疑問に思っていないらしい。

誠司君自身も。

パーキングエリア

本馬さんは数年前まで、仕事のために車で日本各地を飛び回っていた。

当時、彼には借金があったので、節約のためにビジネスホテルはもちろん、マンガ喫茶すら利用しなかった。

仕事を終えると夜はもっぱら、パーキングエリアで車中泊をしていた。

しかしある夜、そのときは仕事の疲れと眠気でどうしてもパーキングまで、車を運転することができなかった。

そこでトイレを確保するために、住宅街の外れにある小さな公園の横に車を駐めて、車中泊をすることにした。

本馬さんはコンビニで買ってきた物で簡単な食事を取ると座席を倒し、違法駐車で捕まらないことを祈りながら寝ることにした。

真夜中、本馬さんはトイレに行きたくなって目が覚めた。

車の左手にある公園を助手席の窓から覗いたとき、本馬さんは公園の様子が何かおかしいと思った。

公園の中央に人が立っていた。

そいつは本馬さんに対して右半身を向け、俯いている。

公園内の照明に照らされたそいつの身体の細部を見て、本馬さんは息を呑んだ。

恐らく二メートル以上ある身長、肌は茶色の砂をまぶした様にザラザラ、頭髪は僅かにざんばら髪が生えているだけ。

目、鼻、口等の顔のパーツがミイラの様に干からびている。

そして足が異様に長く、身体の半分近くを占めていた。

茶色の巨人はゆっくりとしゃがんだ。

その様子はまるで公園の真ん中で、和式のトイレに座っているような格好に見えた。

更に巨人は尻からボロボロと茶色の塊のようなものを大量に排泄し始めた。

本馬さんはそんな光景を見て、コンビニで食べた物を吐きそうになってしまった。

茶色の塊はオニギリくらいの大きさで、地面に落ちるとゴソゴソと動き回り、中にはぴょんぴょんと跳ね回るモノまでいる。

塊達はあっという間に生みの親である巨人の周りを覆い尽くし、それらは本馬さんの車のほうにまで広がってきた。

ビタンッ!!

フロントガラスに塊の一つが張り付いた。

それを合図に、ビタンッ、ビタンッと次々に車の窓ガラスに塊が張り付いてきた。

間近で塊を見た本馬さんは、それらの正体が漸く分かった。

ややずんぐりとした体型のバッタ、ヒシバッタだった。

本馬さんも、子供の頃によく野原などで見たバッタの一種だ。

しかし、車に張り付いているのは通常の指先で摘めるサイズではなく、オニギリ大の巨大なヒシバッタだ。

「おい、これは夢だろ……」

いつの間にか車の窓という窓はバッタで覆われてしまい、本馬さんは外を見ることができなくなってしまった。

恐ろしさと気持ち悪さで、もうトイレどころではなかった。

彼はとりあえず、何処かに救助を求めなければ——と、傍らに置いてあった携帯電話に手を伸ばした。

電話の上にヒシガタバッタが乗っていて、本馬さんはそれを掴んでしまった。

硬さと柔らかさが入り混じった感触が掌に広がる。

本馬さんは叫び声を上げ、思わずドアを開けて外に出てしまった。

すると、あれほどたくさんいたヒシバッタは消え失せていて、茶色の巨人もいなくなっていた。

本馬さんは呆気に取られていたが、掌にはヒシバッタを掴んだ感触がしっかりと残っていた。

にこにこ

数年前、サービス残業と人間関係に疲れたカオルさんが、会社を辞めたときに体験した話。

退社後、暫くは何もやる気が起きずにブラブラとしていた秋頃、カオルさんは彼女の叔父が経営する民宿に泊まりに来ないかと誘われた。

民宿は森、山、川と見事に自然の中に囲まれた場所に建っていた。

夏は少し離れた県のスポーツセンターに合宿でやってくる学生達で賑わうが、それ以外の季節は偶に物好きが泊まりに来る程度だった。

ずっと東京暮らしだったカオルさんは、「大自然の中で心身ともに休もうかなぁ」と民宿に一人で泊まりに行くことにした。

早朝、カオルさんはレンタカーで家を出ると、昼には民宿に着いた。

叔父夫婦に挨拶を済ませ、昼食をご馳走になる。

叔父の話によるとかなり離れたところに観光街があるらしいが、カオルさんは行く気になれなかった。

それよりも民宿の裏手にある森の散策コースをのんびりと歩くことを選んだ。

カオルさんは簡単に整備された道を通って、森の中を暫く歩き続けた。

彼女の住んでいる都会と違って森の中は空気が綺麗で、運動不足気味なカオルさんにも活力を与えてくれるような気がした。

脇道に少し開けた場所があり、ひときわ大きな木が立っている。

そこで休憩しようとしたとき、その大木から首にロープを巻いた男がぶら下がっているのを発見してしまった。

「あっ、首吊り……」

声を上げたカオルさんだったが、それほど驚きもせず、何故か怖くもなかった。

それは首吊りをしている男の笑顔のせいだった。

男は地面から一メートル程浮き、ロープで首を絞められたまま、にこにことカオルさんに向かって微笑んでいる。

年齢は三十代半ば、ワイシャツにネクタイ、紺色のスーツズボン、何処にでもいそうなサラリーマン風の男だった。

カオルさんは吊られた男にゆっくり近付いた。トリックや悪戯ではないのかと、木やロープ、男の身体を観察したが、それらしき仕掛け等は見つからない。

男の首元にはロープがしっかりと食い込んでいて、どす黒く変色していた。


「おもしろい～」

男は何も答えず、首を吊ったまま相変わらずにこにこしている。

カオルさんは男の正面に立って訊ねた。

「あなた、自殺したの？」

カオルさんはその場に座ると首吊り男に色々話しかけた。

「あなた、ホントに死んでる？」

「首吊りって痛くない？」

「いつからこうしてるの？」

「何が原因？　やっぱ仕事の悩みかなぁ」

男はカオルさんの質問には答えず、風に揺られながらにこにこしているだけだった。

カオルさんは時が経つのも忘れて、吊られた男に自分の悩みや愚痴、これからしたいこと、更には過去に別れた彼氏のことなどを話し続けた。

男の笑顔は不思議とカオルさんの心を解きほぐし、彼女を饒舌《じょうぜつ》にさせた。

どれくらい喋り続けただろうか、辺りが薄暗くなってきた。

同時に男の姿が徐々に薄くなっていった。

「あっ、行っちゃうの？」

カオルさんは名残惜しそうに言った。

男は何も答えず、やはりにこにこしながらゆっくりと消えていった。

後には木からぶら下がった首吊りのロープだけが残った。

暫くその場に立っていたカオルさんだったが、踵《きびす》を返して民宿に戻ることにした。

民宿に帰っても、彼女は首吊り男のことを叔父達には話さなかった。


次の日、カオルさんは叔父達と車で観光街に行った。

色々と見て回って楽しんだが、彼女の頭の隅にはあの首吊り男の笑顔がずっとチラついていた。

午後、民宿に帰ってくると、カオルさんは急いで大木へと向かった。

首吊り男は昨日と同じように、にこにこしながら大木からぶら下がっていた。

「良かった～、また会えて」

カオルさんは男の下にお菓子とお茶のペットボトルを置いた。

そしてまた首吊り男に向かって喋り始めた。

カオルさん自身、自分でもよくこんなに話す話題があるものだと呆れるくらい喋り続けた。

首吊り男は相槌こそ打ってくれないが、彼女の話に文句も言わず、遮ることもなく、にこにこ、にこにこと優しい笑顔で聞いていてくれる。

しかし、夕方になるとまた姿が徐々に薄くなってきた。

「待って、私は明日帰らなきゃいけないの」

カオルさんはどうしても首吊り男の声を聞きたかった。

消え去る前に宙に浮いた足を掴もうとしたが、無駄だった。

男はにこにこしながら、昨日と同じように夕闇の中に消えていった。

「来年も会いにくるからね」

彼女はそう決心して、次の日に東京に戻った。


だが、彼女の望みは叶わなかった。

翌年、カオルさんは再び民宿に泊まりに行った。

そのとき、叔父が「今度、裏の森にアスレチック・コースができることになったんだ」

と教えてくれた。

叔父の言葉に不安を覚えたカオルさんは、焦る気持ちを抑え付けながら、森の中に入って大木のところに向かった。

しかし、アスレチック・コース開発のために邪魔な大木は真っ先に切り倒されていて、首吊り男がぶら下がるための場所はなくなっていた。

カオルさんは泣きながら大木の切り株周辺を探し回ったが、あのにこにこ顔の首吊り男に出会うことはできなかった。

車中泊

会社員の波多野さんは、出張や趣味の釣りで遠出したときには、必ずと言っていいほど自家用車で寝泊まりしていた。

所謂「車中泊」である。

元々は出張費や釣行費を節約するための苦肉の策に過ぎなかった。

最初の頃は狭く窮屈な車内で寝泊まりすることは苦痛でしかなかったが、回数を重ねるうちに次第に快適に過ごすコツが掴めてきた。

車内には寝袋や毛布、懐中電灯や飲料水を常備しておく。

更にはエンジンを掛けないで電気を使うために、バッテリーまで搭載していた。

今では車中泊の常備品とまで言われるこれらの品々であるが、彼の場合はいずれも苦い経験から生み出されたものである。

そんな波多野さんであるが、一度だけ背筋が寒くなった経験があるという。

「数年前に妻と車中泊したときのことですが……」

波多野さんの釣り好きが伝染したのか、奥さんまでもが釣りに興じるようになった頃である。

仲間の爆釣自慢話にいても立ってもいられなくなった彼は、連休を利用して日本海のとある場所へ釣りに行くことにした。

時合いである朝まずめに間に合わせるため、彼と奥さんは前日の昼頃に出発することとなった。

現地に着いたら車内で一泊して、まだ夜が明ける前から釣り始める。

そのような計画であった。

予想外の渋滞に巻き込まれたせいか、次第に宵闇が濃くなってくる。

数時間にも及ぶ運転で彼が疲れ果てた頃、やっと車内に潮の芳香が漂ってきた。

釣り場が近くなってきた合図である。

彼は逸る気持ちを抑えつつ路肩に車を寄せ、車載ナビで現在地を確認した。

あと五分もしないうちに到着するではないか。

更に運の良いことに、ここからすぐ近くに道の駅があることも分かった。

そこに駐車できれば、トイレや飲み物にも困らないであろう。

波多野さんは煌々と妖しく光る満月の下、道の駅の駐車場へ車を駐めた。

既に閉店時間が過ぎて暫く経っているだろうと思われたが、駐車場には数台の車が駐まっている。

恐らく釣り人の車であろう。

みんな考えることは一緒だな、と彼は助手席の妻に話かけた。

エンジンを切って寝泊まりする準備をしていると、どうにも妻の様子がおかしい。

彼の言葉に反応することもなく、まるで固まったようにフロントガラス越しの一点を凝視している。

「おい、どうした？　何かあったの？」

彼女は相も変わらず押し黙ったまま、恐る恐る小刻みに震える指先で、何かを指差し始めた。

彼女の示す場所を見つめてみるが、駐車場の常夜灯と月明かりだけでははっきりと分からない。

「ちょっと待ってて、今見てくるからさ」

波多野さんはそう言うや否や、懐中電灯を片手に車を降りる。

彼の車の十メートル程度先に、赤い軽自動車が駐まっていた。

窓ガラスの全てに目隠しがされていることから、運転手は車内で眠っているに違いない。

彼はその車の付近を隅々まで確認したが、不審な点は一切見当たらなかった。

「赤い軽しかなかったけど、あれのこと？」

車内に戻った波多野さんは、助手席で震えている妻に話しかけた。

「……う、うん……あ、あれ……そう……」

先程同様に一点を凝視しながら、彼女は漸く言葉を返した。

「別に何もなかったけどなあ。車の中で寝てる人もいるみたいだし」

彼の言葉を否定するかのように、彼女はかぶりを振り続けた。

「ほ、ほら！　あっ、ち、近付いてくる！」

充血した目を大きく見開きながら、彼女の口調が激しさを増していく。

「一体、何のことだよっ！　お前、いいかげ……う、うわぁぁぁっっっっ！」

うわっ。いた。確かに、何かいた。

フロントガラス越しに彼が視線を向けたとき、赤い軽自動車の開け放たれたトランクから、何者かが緩慢に現れ出てきたのだ。

ん？　あれは、子供じゃないのか？

何だ。車内の雰囲気に気圧されてしまい、ついつい悲鳴を上げてしまったが、ただの子供じゃないいか。

「おい。落ち着けよ。子供がトランクから出てきただけじゃないか」

冷静に妻を諭そうとするが、全くと言っていいほど効果はなかった。

彼女の震えと怯えは明らかに度を越していき、嗚咽《おえつ》にも似た声が漏れ始める。

そしていつしか、その声は絶叫へと変貌を遂げた。

「い、いやぁぁぁぁっっっっ！　あああああぁぁっっっっ！」

波多野さんは泡を食って、即座に運転席を飛び降りた。

だが、またしても肩すかしを食らってそこで固まってしまった。

何処をどう見ても、前の軽自動車に変化はない。

トランクなど開いていないし、注意深く見渡しても子供なぞいやしない。

小首を傾げながら、彼は車内に残っている妻に目を向けた。

恐怖のあまり、彼女は引き付けでも起こさんばかりに、両目を見開いて口をパクパクさせている。

状況が飲み込めない彼は、とりあえず車内へと戻った。

「あああああっっっ、ち、近付いて。ち、近付いてくるうううううっっっっ！」

妻の絶叫が車内に鳴り響く。

彼は再度フロントガラスを通して前方に目を遣った。

「……っんふぅぅぅっっっ……」

意図せず、風船からガスの抜けるような格好悪い音が、彼の喉から漏れ出した。

この車と前方の軽自動車の間に、そいつはいた。

半袖短パンの服装と背格好から見るに、小学校の低学年生であろうか。

何者かにこっぴどく殴りつけられたかのように、顔面はパンパンに膨れ上がっている。

大小の痣に満遍なく覆われて、顔色はほぼ紫色に染まっていた。

手足をギクシャクと不器用に動かしながら、牛歩の如くゆっくりと、この車に接近してくる。

彼は恐怖のあまり何も考えられなくなってしまい、咄嗟に魚捌き用のナイフをバッグから取り出した。

そしてそれを力一杯右手で握りしめ、勢いよく車外へと飛び出した。

だが、車外に出た途端、彼の勢いは削がれてしまった。

いないのだ。子供など、何処にもいやしないのだ。

軽自動車のトランクは相変わらず閉じているし、辺りに人のいる気配が一切感じられない。

殺気走って充血した目を妻に向けるが、妻の表情に変化はない。

いやむしろ、彼女の状態は更に悪い方向へと向かっているように思えて仕方がなかった。

そのとき、ある考えが彼の脳内を一瞬に走り抜けた。

もしかして……もしかすると……。

彼は車のドアを開いて、覗き込むように上半身だけ車内に入れた。

そして、フロントガラス越しに前方に視線を移す。

顔面紫色の小学生は、更にこの車へと近付いている。

半袖のシャツとズボンから露出した両腕と両足はざくざくに切り刻まれ、不気味な凹凸で構成されている。

生気を失って濁った目は不細工なガラス細工を思わせ、薄汚れた口角からは垂れ流しの涎が糸を引いていた。

その奥に視線を移すと、赤い軽自動車のトランクは完全に開いている。

そこから垣間見える車内は暗闇に包み込まれ、中には誰もいないように思えた。

喉から飛び出そうとする悲鳴を気合いで阻止しながら、波多野さんは勢いよく上半身を元に戻した。

「やっぱり……やっぱり、か」

見渡す限り、人の気配はない。

軽自動車のトランクは閉じており、子供など何処にもいない。

フロントガラス越しでしか見えない、とは一体どういうこと?

その考えが脳裏を埋め尽くしていたが、それより何よりここから逃げなければ。

「おい！　帰るぞ！」

妻にそう叫びながら波多野さんは急いで車に飛び乗ると、ドアを思いっきり閉じ、エンジンを勢いよく掛けた。

そして赤い軽自動車と少年からは視線を逸らしたまま、逃げるように駐車場から走り出した。

民宿の夜

「あ！　あれ！　あそこじゃない？」

　後部座席で煎餅を食べていたミカが、いきなり大声を出した。

　恵さんは、プリントアウトした地図と車載ナビを交互に確認して、うんうんと頷く。

「あそこみたい。ほら、門のところに『芦田荘』って小さく書いてあるじゃん」

「やっと到着ぅっ！」

　数時間にも及ぶ運転で疲れているはずのマユコが、歓喜の声を上げる。


「ねえねえねえ、今度さあ、一泊の温泉旅行に行かない？」

　そうミカに誘われたとき、恵さんは正直あまり乗り気ではなかった。

　裕福な暮らしではなかったし、激務による日々の疲れが身体に溜まっていて、休日は家で寝て過ごしたかったからだ。

「そこね、すっごく安いしね。お刺身もチョー美味しいんだって！」

　話を聞いてみると、なるほどかなり魅力的な宿であった。

地元の漁師が兼業で経営している民宿らしく、宿泊料金が驚くほど安い。にもかかわらず、素泊まりなんかでは決してなかった。

夕食には捕り立ての新鮮な魚介類が山盛りで出てくるそうなのだ。

もちろん、温泉も入り放題とのこと。

「運転はマユコにさせればいいじゃん？　もう、寝てれば到着ってイメージで！」

その言葉に心を動かされ、溜まりに溜まった疲労は何処へ行ったのやら、恵さんは二つ返事で行くことにした。

民宿の向かい側にある砂利道に車を駐めると、彼女達はそれぞれ手荷物を持って歩き始めた。

そこは普通の民家にしか思えないほど小振りな古い建物で、『芦田荘』の表札がなければ決して辿り着けなかったであろう。

ミカが玄関先で声を掛けると、割烹着を身に纏った女将さんらしき五十歳前後の女性が慌てて姿を現した。

女将さんはミカと話し終わると、待機している二人に向かってペコリと会釈した。

「んじゃ、皆さん。こちらへどうぞ」

女将さんから案内してもらった部屋は、十畳程の落ち着いた和室であった。

中央部には安っぽい木製のテーブルと、それを囲むように座椅子が四脚。

壁際の台の上には、室内アンテナを頭に載せた十四インチ程度の粗末なテレビが備え付けられていた。

ミカとマユコはあっという間に座椅子に座って寛いでいたが、恵さんはあるモノが気になって仕方がなかった。

〈何、あれ。気持ち悪いなあ……〉

それは、テレビの左脇に鎮座していた。

右手首から先を象った像で、まるで空中の何かを掴み取るかのように、指を曲げて掌を上にしている。

ガサガサな皮膚の感触を思い起こさせる、その妙にリアルな指先は、まるで毎日の仕事で荒れた屈強な漁師の五指のようであった。

恐らくこの民宿の主人か誰かの趣味なのであろうが、今にも動き出しそうで気持ち悪いことこの上ない。

「ねえ、恵。座ってお茶でも飲もうよ！」

その一言で我に返った恵さんは、とにかく座椅子に座ることにした。

……まあ、いいか。おかしなことを言ってこの旅行を台無しにしたくない。

〈気持ちが悪かったら、見なきゃいいだけのこと〉

恵さんは自分にそう言い聞かせると、かしましい会話の輪へと入っていった。

温泉は少々温かったが、思ったよりも広くて三人とも満喫することができた。

部屋に戻ってゆったりと寛いでいると、まるで待ち構えたかのように女将さんが食事を運んでくる。

伊勢海老のお造りに天麩羅、お刺身の盛り合わせ。

目を見張らんばかりの豪華な夕食を平らげて、三人は満ち足りて談笑していた。

〈ああ、来て良かった。だけど……〉

恵さんの視界にチラチラと入ってくる、あの置物だけは何とかならないだろうか。

不思議なことに、ミカもマユコも置物の話は一切しない。

あんな不気味な置物が部屋の中にあるのに、全く気にならないのだろうか。

恵さんは何度も口に出しかけたが、どうにかして飲み込んだ。

誰もアレに触れないということは、私が一人で怖がっているだけに違いない。

寝るにはまだ早い時間であったが、自然と床に就くことになった。

久しぶりの旅行で三人とも疲れてしまったのだろう。

布団の中に潜り込むと、満腹感も手伝ってか、程なくして三人とも眠りへと落ちていった。

「……うう……んぐっうううう……」

妙な呻き声が耳に入ってきて、恵さんはそっと瞼を開いた。

心地良い眠りを妨げられ、若干不機嫌気味である。

暗闇の中、恵さんの布団の左隣からの、苦痛にも似た呻き声が耳に障る。

〈ん、左側って。ミカ？〉

彼女は頭を左に向けて、ミカに視線を向けた。

闇に慣れてきたばかりの彼女の目に、信じられない光景が飛び込んできた。

隣で寝ているミカが苦悶の表情を浮かべながら、喉元をかきむしっている。

そして、必死に抵抗する彼女の両手に重なるように、強靭《きょうじん》な男性の右手が蠢《うごめ》いていた。

その手は朧気で、明らかにミカの両手を透けているのではあったが、確かに彼女の首を絞め付けている。

驚いた恵さんは身体を起こそうとしたが、全身に力が入らない。

大声を出そうと試みたが、漏れた空気のような情けない音しか発することができない。

やがてその手は霧のように消え去ってしまい、間もなくミカの安らかな寝息が聞こえてくる。

恵さんが安堵の溜息を吐こうとしたとき、ミカの両目がかっと見開いた。

「……これで済むと思うなよ……」

聞き覚えのない嗄《しわが》れた男の声でそう呟くと、ミカはそのまま何事もなかったかのように眠りに落ちてしまった。

〈え？　何、今の？〉

意味が分からず呆然としていると、今度は右側から地を這うような呻き声が耳に入る。

〈まさか！　マユコ？〉

彼女が右側に顔を向けると、先程と同じような光景がマユコの身に降りかかっていた。

まるで当然の如く、恵さんの身体に力は入らないし、大声も出すことができない。

そしていつしか、ミカ同様にマユコも朧気な右手から解放されて、深い眠りに就いていった。

〈これって、普通じゃないでしょ！　早く部屋から出なきゃ！〉

だがそうは思っても、身動き一つ取れない彼女にはどうすることもできない。

布団の中で必死で藻掻いていると、今度はマユコの両目が見開いた。

「……オマエのせいだからな……」

またしても嗄れた男の声で、そう呟く。

〈だから、意味が分からないって！〉

そう思った瞬間、恵さんは異様な息苦しさを覚えた。

〈うっ！　まさか！〉

唐突に、荒々しい感触とともに喉元を思いっきり絞め付けられた。

抵抗しようとしたが、身体が言うことを聞かない。

呼吸ができずに、重たい銅鑼《どら》が頭の中で延々と鳴り響き続ける。

抵抗虚しく、恵さんの目の前がどろりと漆黒の闇に変わっていった。


身体を小刻みに揺らされる感触で、恵さんはいきなり飛び起きた。

「ひゃっ！　ああっ、びっくりした」

辺りは既に明るくなっており、既に二人とも朝風呂を浴びてきたらしく、身体から湯気を発していた。

「恵、何やっても起きないんだもん。先にお風呂入ってきちゃったからね」

上機嫌なミカとマユコに、恵さんは昨晩のことを捲し立てた。

口角泡を飛ばしながら喋り続けるが、二人ともきょとんとした顔をしている。

「確かに寝苦しかったけど……まさか、ね」

マユコが言う。

「じゃあ、その引っ掻いた痕はどうしてなの？」

恵さんは二人の喉元を交互に指差した。

ミカが手鏡で確認すると、二人の喉には爪痕がくっきりと残っている。

「え？　何これ！　全然気が付かなかったけど……」

痒かったのかなあ、などとマユコが言葉を濁す。

「だから、あの手の置物のせいだって！」

恵さんはテレビの脇にある、例の置物を指差した。

驚いた二人は一斉に振り向くが、お互いに小首を捻っている。

「置物って？　そんなモノ何処にあるの？」

ミカとマユコは辺り一帯に視線を動かしながら、恵さんに訊ねた。

「はあ？　あるじゃん、そこに！　テレビの脇……」

恵さんが震える指で指し示す。

その瞬間、その右手の置物はぴくぴくと全体を不気味に顫動《せんどう》させ始めた。

そしてテレビの台座に潜り込むかのように、緩慢に消えていった。

呆気に取られた恵さんは暫く微動だにできなかったが、すぐに二人の間に漂う空気を察知した。

「……ご、ごめん。寝惚けちゃったかも」

恵さんの絞り出したこの一言で二人はケタケタと笑い始めた。

「でも、具合が悪いからもうチェックアウトしよう、ね」

恵さんは作り笑いを浮かべながら、二人にそう懇願した。

「ああ、楽しかった！　リピート確定だね！」

帰路の車中でそう話すミカとマユコに、恵さんは疲れた笑みを返すのが精一杯だった。

骨が哭く

世捨て人になろうと決めたのです。

秦さんは懐かしそうに呟いた。

現在、二十八歳。堅い仕事に就いている。結婚はしておらず、恋人もいない。細面で神経質そうな表情。身長は高く、痩身だ。長い手足を持て余すように折り畳んで珈琲カップを口に運ぶ。

世捨て人になろうと思いついたのは、大学進学をして半年満たない時期であったらしい。苦労をして入ったものの、元から好んで選んだ学部ではなかった。親や学校の期待だけに応えようとした結果でしかなく、入学後すぐに意義を見失ったと言っても過言ではない。

実際のところ、彼自身高校二年生の頃からプレッシャーに何度か負けかけたことがある。その度に激しく暴れたり、徹夜で目的もなく長距離を歩いたりすることを重ねた。心の逃げ場を作ると同時に、大人達への救難信号でもあった。

ただ、どんな奇行を行っても勉学に関しては常にトップクラスであったので、周囲はその信号に気付くことがなかったのかもしれない。

だから大学に入った時点で全てが終わった気がした。

もうこの世に用はない。

然りとて、死ぬ勇気もない。

ならば社会との関わり合いを捨て、何処か人のいない場所を当てもなく巡り、いつしか自然死をし、そのまま朽ちていこうと彼は目標を定めた。

置き手紙一通だけ残して家を出た。


——旅に出ます。

とだけ書かれたプリント用紙を残して。

＊　＊　＊

旅に出るに当たり、秦さんはキャンプ用具と自転車を持って出た。

どちらも簡素なものであり、そこまで高性能な代物ではなかった。

暦の上では秋であったが、まだそこまで寒くない。移動もテントで寝ることも辛くはなかった。が、あるとき変化が訪れた。

（人間の声が気持ち悪い）

（人の視線が怖い）

――人間への嫌悪感が湧いてきたのだ。

自転車で旅をしていることを知ると、善意で声を掛けてくれる人もいる。

しかしそれは彼にとって苦痛の種でしかない。貰うものだけ貰って、後は逃げるようにその場を後にした。

このせいで次第に旅の行程が変わっていった。

移動は夜。誰もいない道を選ぶ。

眠るのは昼。道から少し入ったような山の中で、テントも張らずに寝袋だけを使う。

雨風が辛いときだけ何処か屋根のあるところで停止し、やり過ごした。

家から飛び出して一カ月。

ただ進むだけの旅になっていた。

体毛が薄いために髭はそこまで伸びていなかったが、風呂に入っていないせいで一見ただの浮浪者にしか見えない。そして元々痩せぎすであった身体は更に貧相さを増し、頬の肉がげっそり削げ落ちた。そのせいか目だけが目立つようになっていた。

こうなってくると逆に他人は近寄ってこない。

心が楽になった代わりに、人の施しすら受けられなくなってくる。

季節は冬の入口に差し掛かろうとしていた。

夜、自転車を走らせると外気に触れた肌から体温を奪われる。

手持ちの金は少ない。

この頃、彼は初めて盗みを覚えた。

店舗から廃棄された食物に始まり、畑の作物などにも手を出す。本当かどうか分からないが、無人販売は監視カメラが作動しているとあったので止めておいた。

更に外に干されたまま取り込みを忘れられた洗濯物を奪い、寒さを凌いだ。

飲み物は公園の水道水を空ペットボトルに詰めた。日中、黒い紙や布に包み太陽に晒しているると割合温くなるのがありがたかった。

ある程度物資が揃ったとき、ある場所に定住することを決めた。

人が来ないような廃工場裏の小山を住処にし、夜中食べ物を盗みに行く。

あれだけ朽ちていきたいと思っていたのに、食べたい、飲みたい、眠りたいという欲求だけが残っていた。

小難しいことを除外した結果が〈ただ生きるための行動〉に昇華したのだろうと思った。

この頃、彼の目の前にはおかしなものが姿を現すようになっていた。

過去の自分だった。

子供の頃から大学に入った頃まで。順番は決まっていない。脈絡もなく姿を見せる。

夜中、食物漁りから戻ってきてから眠るまでの数時間の間、いつの間にかいる。

正座か胡座《あぐら》を掻いており、小綺麗な格好をしてこちらを見つめていた。

最初こそ驚いた。

気が付くとそこに誰かがいて、それが自分なのだから。

しかし常人の感覚を失っていたためか、他に理由があったのか知らないが、それを当たり前と思って受け入れてしまった。

頭の片隅に（こいつは幻覚だ。多分俺はおかしくなったのだ）と自嘲する自分がいたのも確かであった。

寝袋の上に体育座りをし、じっと自分を見つめ返す。

相手もこちらに向けてまっすぐ視線を返してくる。

何も喋らない。何も動かない。

何時間も対峙した挙げ句、空が薄い青に変わってくる頃、相手はぷつりと消えた。

瞬きをした瞬間にいなくなっていたので、多分一秒に満たないだろう。

何処から来たのか、何処へ帰っていくのかさっぱり見当が付かない。

そのうち、何となく〈目の前の自分〉へ喋りかけるようになっていった。

訥々《とつとつ》と話しかける。

相手は反応しない。答えもない。

ただの一人語りでしかなかった。

その内、自分の言葉にいちいち合いの手や返事を入れるようになり、遂には笑ったり怒ったり、泣いたり、悲しんだりするように変わっていく。

多分、周囲に人がいたら一人芝居の稽古だと思ったかもしれない。


何日が過ぎたか分からなくなった頃だった。かなり寒さを増していたから、冬に入っていることは間違いない時期だったはずだ。

夜中、廃棄食品を盗ってきた後、例の自分が姿を現した。

その日は、ニキビが噴き出した中学二年当時を思わせる外見だった。

どろっとした目に、世の中を斜に構えてみていることがありありと浮かんでいる。

いけ好かない糞餓鬼だと、秦さんは思う。唾棄すべき奴だと嫌悪感しか浮かばない。

(この歳の頃、他人から俺はこうやって見えていたのだろうか)

その厭らしいツラを殴ってやりたくなった。初めての感覚だ。これまで何故か相手に触れようとすることすらなかった。

すっくと立ち上がり、軽く腕を振り上げる。

思いきり拳を振り下ろしてやった。

頭髪と頭蓋骨の感触があり、手が痛くなった。

中学時代の自分はそのまま静かに前へ倒れる。

彼は緩慢な動きで四肢を縮めながら頭部を内側へ入れ、背中を丸めた。

自分で自分を殴打する。

その事実を自覚した瞬間、背中側にざわざわと波立つ何かが這い登った。

それは快楽、と言い換えられた。

夢中になって手足を振るう。

当たる度に足元の自分はますます亀のようになっていく。

どれくらい殴る蹴るを続けただろう。

目の端に光が差し込んだ。

顔を上げると既に夜は明け、太陽が昇りかけている。

(あ、あれは)

視線を下げた。

中学時代の自分の姿はなくなっていた。

代わりにひと抱えもあるような土まんじゅうが目に入る。

いつの間にこのようなものができていたのか全く知らない。食料を盗ってきてからの記憶を浚《さら》うが、僅かも覚えがない。

(まさか、無意識に自分が作ったのか)

ないとは言えない。自分がおかしくなっている可能性は重々承知している。

調べると土盛りの表面は荒れ、靴跡などが無数に付いていた。

両手両足を調べると、泥汚れがへばり付いている。

若干濡れている。原因は分からない。

靴の泥を指で擦り取る。べた付く感じが少しあった。煮染めたような服の端で拭うと、何となく紅いように感じる。布に零れた血のような印象があった。

(血なのかな)

しかし身体の何処からも出血はしていない。原因不明だ。

アドレナリンが出ているのか、未だ興奮している。

暴れたい。壊したい。全てを無茶苦茶にしてやりたい。ここ最近なかった衝動だ。

近くにあった板などを使い、土の山を突き崩した。

思ったより柔らかく、徐々に崩壊していく。

力一杯板の先端を突き込んだときだった。

〈ぱぺっきょう〉

形容し難い、獣の叫びのような響きが土まんじゅう内部から聞こえた。

そして、山は崩れた。

中身はただの湿った土でしかなかった。

「……ぅあ?」

急に我に返った。

これまであった出来事を含め、自分が異常な状況に置かれていることを改めて認識してしまった。

慌てて使えるような荷物をまとめると、秦さんは住処から逃げ出した。

二度と戻るつもりはなかった。

秦さんに当時の状況、特に暮らしぶりについて訊ねてみた。

彼は一瞬何かを思い出すような表情を浮かべる。

当時のことはよく覚えているが、フィルターが掛かったように白くぼやけたような印象に変化している部分もあるらしい。

ただ、生活についてはある程度細部まで記憶していた。

＊　＊　＊

生活サイクルは完全に昼夜が逆転していた。

寝床は灌木の間で、上に盗んできたビニールシートを被せた。もちろん地面にもシートを敷き、上にダンボールを重ねておいた。

寝袋は夏用であったため、寒さを防がない。日中とはいえ冷える。そういうときは身体に新聞を巻いたが、とても追い付かなくなった。前述の通り街中から干した布団や服などを拝借してくる。重ねれば何とか我慢ができた。

食事は廃棄弁当や盗んだものが主であったが、次第に食べる量が減った。

胃袋が小さくなってきていたのかもしれない。それに加え、飲酒を覚えた。寒さのあまりアルコールで暖を取ろうとしたことがきっかけだ。空き瓶から集めてみたこともあるが、一番手っ取り早いのは買うことだ。できるだけ強い酒を一本だけ買って、ちびちび舐めた。慣れてくると口に含んで一気に飲み下せるようになったので、当然減りが早くなる。

自動販売機の周辺を漁ってみたり、その他の方法を使い、酒代を稼ぐようになったのもこの頃だ。

この世からいなくなりたかったはずなのに、誰よりも生に執着していたと彼は述懐する。凍死でも何でもすればそこで終わったはずなのに、と。

話の流れから、こんな思い出も語ってくれた。

偶に寝床の近くに人が来ることがあったが、何故か一切気付くことなく何処かへ立ち去った。面白いのは青いビニールシートや空き瓶、塵、その他の目立つものがはっきりと見えているはずなのに、誰もそこに目を留めなかったのか。

まるで周囲にバリアか何かが張ってあるのか、それとも自分の周りだけ別の次元にあるのではないかと馬鹿なことを妄想したと彼は笑う。

まるで隠里に住んでいるかのようでした、と。

＊　　＊　　＊

おかしな状況下から逃げ出したものの、行き場は何処にもなかった。

既に人里で暮らせるような姿でもなくなっていた上、人間の中で正気を保てる自信もない。とはいえまたあのような山へ戻ることができるかと言ったらそれも不可能に近く、常に頭を悩ませることになった。

矛盾しているが、人がいるところに近いほうが安心できたのだ。

このせいで日中寝る場所が激減した。

仕方なく昼間は人が少ない道を移動するほかなくなった。

夜は無人駅や屋根付きのバス停、その他雨露が防げる場所を間借りし、眠った。

自分でもこの旅の意味が分からなくなっていく。

何のために外へ飛び出したのか。

何のために人間を避け続けたのか。

ただの浮浪者になるためなのか。

(世の中からドロップアウトして、世捨て人になりたいのではなかったか)

自然にいなくなりたい。朽ちていきたい。目的はただそれだけだ。

悩んだ末、ある方法を思いついた。

即身仏になればいい、と。

即身仏とは修行者が食事を摂らず、ミイラになる方法を言う（即身成仏とは違う）。

自殺ではないのだと興奮した。

理屈としてはおかしい。ただ彼にとって即身仏という行動は自分から命を絶つのではないという認識だった。修行が自死のはずはない、高尚な行為なのだと思い込んでいた。

（この世から消えるんだ）

そう決めた途端、余計なものは棄てた。

下に敷く敷物と衣類、ペットボトルに詰めた水と塩。

誰かに見つかると止められるだろうと色々策を練った。

山には行きたくない。海や川も避けたい。では何処なら人が来ないだろうか。

一つ、めぼしい場所を見つけていた。

一軒の空き家だった。

売り家でも貸家でもなく、ただぽんと空いている。周辺の家はあるが、どれも貸家か売りだ。よって周りに人の気配はない。

その家だけ、玄関の鍵が開いていていた。

二階建てであり家具は殆ど残っている。中身はないから、引っ越しでもした際に棄てていったのだろう。

その家から離れた場所で自転車を乗り捨てた。

夜中、夜陰に乗じて家屋の中へ入り、内側からドアを施錠する。他は全て鍵が掛かっていることは調べ済みだった。

手探りで二階へと上がり、夜が明けるまで待った。

少し明るくなってから押し入れを開け、天井板を外す。用意した飲用水と塩だけを上げた。その後、自分も上に入り、板を戻す。

他人の家の天井裏で即身仏という行為を行うつもりだった。

(意外と隙間があるんだな)

方々から光が差し込んでいる。

天井の上をまじまじと見つめることなどこれまでなかった。

勉学。大人の顔色。勉学。大人の反応。勉学。今の順位。勉学。学校の評価。

これだけが全てだったからだろう。

梁《はり》の上に寝転がり、じっと上を見つめた。

落ちるかもしれないと思ったが、手足を外側へ垂らしたところ、意外とバランスが取れる。背中が少し痛かったが、気にする程もなかった。体重が落ちていたせいかもしれない。

ただ、背中の骨が何処かへ当たり、時々痛みを感じた。
傍にある水や塩を取ることも忘れ、何時間が過ぎただろうか。
気が付くと、光が射さなくなっていた。
日が暮れ始めたようだった。
渇きも空腹も感じない。
上半身を起こしてみた。筋と骨が軋《きし》み、何処もかしこもが痛む。人間ずっと動かないと
こうなるのかと驚くと同時に、こんな短時間で何故という疑問も浮かぶ。
腰を軽く捻ったとき、天井裏の一角に何かを発見した。
人間のようだった。
いや、全体に真っ黒く、性別すら分からない。
(自分以外に誰かがいたのか)
あり得ない話ではない。食い詰めた人間が空き家に居を構えることも多い。
しかし鍵は掛かっていたし、誰かが上ってきた気配も感じなかった。
身構えるとこちらにのそりと立ち上がり近付いてくる。身長は高く見えた。
ほんの数メートル先までそいつが来た。
我が目を疑った。

人の形をしているが、人ではなかった。

いや、人なのかもしれないが、自分の常識外であった。

そいつは服を纏っていない。

固太りをしており、毛深い。黒い剛毛が身体のあちこちに点在している。肌の色は分からない。多分白くはないはずだ。突き出た腹部と毛で性別は判断できない。

頭はざんばら髪でこれもまた黒色だが、脂ぎっており所々が束になっていた。

鼻は胡座を掻いたような形で、唇は厚く大きい。だらしなく空いた隙間から犬歯が覗いていた。黄色かった。

いや、それらより一番強い印象は〈目〉だった。

向かって左の目が極端に小さい。逆の目は馬鹿のように大きかった。

具体的に言えば、小さなほうはぽつんと丸く黒い穴が開いているだけにしか見えなかった。逆側は軟式テニスのボールくらいある。

大きなほうは時折瞬きをしていた。白目の部分は白い。血管が走っている。黒目は虹彩すら確認できるほどで、瞳孔が開いていた。猫に似ていた。

眼球のせいか、顔面全体が、否、頭蓋骨そのものが歪んでいるようだ。

身体の大きさと相まって圧迫感があった。

（世の中にはこのような姿を持つものもいるのか）

理解の範囲を超えたせいか、驚くほど冷静になっていた。目の前の人物が何者なのか、そちらのほうが気になってしまう。

「……っちゃ」

巨眼はくぐもった声で何かを呟く。

「……。た」

唾をため込んだまま喋るように、常に水分を含んだねとつく音が混じる。やはり聞き取ることはできず、茫然とするほかない。

異形の人物は目の前にある梁に腰掛けた。

まるで子供がベンチに腰掛けるような態度だった。身体と不釣り合いだ。

相手はずっと判別不能な言葉を口の中で転がしている。

何ですか。やっとそれだけ言葉にできた。

巨眼は反応したのか、こちらに目を向けた。耳は聞こえているらしかった。

「何ですか……」

同じことを訊ねた。

相手の動きがピタリ止まった。

何故か、耳が痛いほどの静寂が訪れる。

数秒、数十秒。いや、数分。どれくらい時が過ぎたか。

巨眼の生物は大きく口を開け、一つ深い溜息をつく。

そして、割合大きめの声を発した。

いいえうおお　いうおあ　あいおおあ

母音だけの羅列。

声そのものは若い男のようでもあり、老人のようでもあった。

何かを言っているようだが理解できない。

僅かにだが、鳴き声の雰囲気を感じた。

また、母音だけの声が聞こえる。

何度も何度も執拗に、いいえうおお、いうおあ、あいおおあ……が繰り返される。毎回殆ど同じとしか思えなかった。

どうして良いのか狼狽《うろた》えていると、異形の生物はゆったり立ち上がる。

梁を伝うようにして一番向こうまで歩いた。その様子は子供のようだった。

そして足元に何かをすると、そこから下へ降りていった。その後、手だけが出てきて、何事かをした後、完全に姿を消した。天井板を戻したようだった。

気が付くと完全に辺りは闇だった。

光も差し込まず、梁も確かめられない。自分の下にある部分を認識できる位だ。いつからここまで暗くなっていたのか。

は、と息が漏れた。

(何故、あれはあそこまでちゃんと見えたのか)

そして梁すら目視できたのか。

背中が寒い。背骨辺りに冷たいものを感じる。

全身の関節が少し怠く痛かった。成長期か高熱のときの痛みによく似ている。

荷物を置いたまま、秦さんは天井裏を抜け出した。

家から出ると夜になっている。星は見えているが、月はなかった。深夜なのかもしれなかった。

その足で近くの交番前まで行き、自宅へ電話させてもらった。

迎えに来てほしいと告げ、彼の旅は終わった。

＊　＊　＊

秦さんは既に述べた通り、現在は家庭を持っていない。

仕事では役職には就いているが、派閥争いに巻き込まれ閑職に近いようだ。

とはいえ彼自身は仕事で上へ行こう、派閥を利用して出世しようとした訳ではない。周囲が勝手に巻き込んだだけなのですよ、そう力なく苦笑いを浮かべる。

「実は、生きる気力なんかないんです」

あの出来事の後も、人知れず朽ち果てたいという願いも棄てていない。

何故だろうか。

「……信じられないかもしれませんけれど」

彼は前置きをしてから、ゆっくり区切りながら話してくれた。

あの、巨眼の異形に出会ってからというもの、内なる声が聞こえるという。

自分の何処から発されているのかすら知らない。

が、確実に内側から響いている。

強いて言うなら、身体中の骨が哭《な》いているように感じられる。

何となくだが、あの〈巨眼の母音〉のようであった。

そしてそれはいつしかはっきりと意味となって理解できるように変わった。

どんなことか教えてもらえないかと頼んでみる。

が、彼は首を縦に振らなかった。

人に知られるのが厭なんです——と、はっきり告げられた。

ただし、まだ大丈夫な内容で一つだけならと語ってくれたことがある。

「僕の死に様です」

内なる声は彼がいつ、何処で、どうやって死ぬかを教えてくれた。

一部は映像を伴って脳裏に浮かぶらしい。

「細部まで見えていますがそこはちょっと……望み通り、人知れず朽ち果てますけど」

だから、その言葉を信じたいのですと彼は幸せそうに微笑んだ。

その日が待っているから、家庭も持たないし、出世にも興味がない。

来るべき日まで生活ができたら良いのだということだった。

一つ考えた。

自らの死は話せる。しかし他のことは話せない。〈話せないこと〉がどのようなものなのだろう。彼の死に様よりも公開できないこととは一体何だろうか。

「やはり言えません」

その言葉の後に、秦さんは続ける。

僕の見たことは全て幻だったかもしれないし、内側から届く言葉も単なる幻聴に過ぎない可能性が高い。いや、多分そうです。だからこの話は信じるに値しないですよ、と。

どことなく、これ以上訊かないでくれという拒絶が感じられた。


秦さんの記憶にあった当時の場所を探した。

廃工場は既になく、小山も削られ往年の姿は残していない。

空き家もそれらしいものを見つけることができず、仕方なくその地を後にした。


つい最近会った秦さんは顔を歪めて笑う癖が付いていた。

向かって左の眉尻を下げ、右の目を吊り上げるようにして。


今も彼の骨は哭いているという――。

女神のうふふ

三十代後半である相田さんの趣味は温泉巡りである。

宿泊する施設は敢えて真新しいホテルなどではなく、時代を匂わせるような古い旅館を選ぶ。

人気もなくゆっくり温泉に浸れるのと、少々寂れたほうが風情ある趣を感じ取られるからだという。


二年前のこと。

彼は連休を取ってとある温泉地へと赴いた。

平日だった所為もあり、女将の話だとその日の宿泊客は彼一人だけらしい。

(あ〜、やっぱり人がいないほうが気楽でいいよなぁ)

貸し切り状態の露天風呂に浸かりながら、周囲の景色を堪能する。

彼は俗世を忘れるように暇さえあれば湯に入り、ご当地特有の食事に舌鼓を打った。

少ない日数で思いきり贅沢な時間を楽しむのが彼のポリシーでもある。

だが居心地の良い雰囲気も、ゆったりとした時の流れも終わりはくる。

翌日にはチェックアウトを控えた三泊目の夜。

彼は名残惜しさを感じつつ布団へ潜ったものの、不意に部屋全体の眩しさで目が覚めた。

見ると部屋の照明が煌々と灯っている。

就寝時には部屋を真っ暗にしないと眠れないため、決して消し忘れなどではない。

寝惚け眼のまま周囲を見渡すと、布団の横で女の子が正座している姿が目に映った。

一瞬身構えるも、本人はセミロングの髪を軽く揺らしながら、ただただ人懐っこく笑っているだけ。

年齢は五～六歳くらいだろうか。

長袖の白いブラウスに、細かいフリルの付いた可愛らしいスカートがよく似合っていた。

旅館の子が鍵を開けて入ってきたのかと思い、半ば寝惚けたまま問い掛ける。

「……君、ここの子？」

『ふふふっ』

笑い声を上げながらこくり、と何度か頷くと、そのまま襖を開け廊下へと飛び出していってしまった。

（他にお客さんがいなくて寂しかったのかなぁ……。でもなぁ、合鍵か何か知らんけど人

の部屋へ勝手に入ってきちゃダメだろ）

時計を見ると夜中の二時半である。

小さな子供が遊び歩く時間帯でもない。

荷物や部屋の中など隈なく調べてみたが、何か盗られたり悪戯したような形跡は見られなかった。

それでも眠りを妨げられたこともあり、翌朝の帰り際それとなく女将さんに注意した。

「え？　……小さな女の子、ですか？」

彼女は怪訝そうな顔をすると、訳が分からないとばかりに首を捻った。

訊けばこの旅館には子供などいないのだという。

後から入ってきたお客さんも老夫婦や年配の方ばかりで、子供連れの家族はいないと断言する。

（これ以上、深入りしないほうがいいのかも……）

時間帯から言って、もしかしたらお客には言えない事情があるのかもしれない。

更に、自分のほうがただ単に寝惚けただけとか、変なクレーマーだと思われても困る。

結局彼はそれ以上問い質すようなことはせず、そのまま車に乗り込むと帰路を目指した。

途中休憩を挟みながら車を走らせること十時間弱。

漸く見慣れたアパートへと戻ってきた。

（ふぅ……あと一日家でゆっくりしたらまた仕事三昧かぁ……）

充実していた日々から、一気に現実へと引き戻され、彼は脱力にも似た溜息を吐いた。

駐車場に入り、助手席に手を添えながら心なしかいつもよりゆっくりと車をバックさせる。

――ゴスッ。

身体が響くように揺れる。

ただでさえ意気消沈していたのに加え、ブロック塀にバンパーを当ててしまった。

それだけではない。

バックしている彼の目を奪い、ブレーキを踏むことすら忘れる程の驚愕。

それは旅館で見た〈少女の姿〉であった。

「なっ……？」

走行途中、バックミラーには一切映ってはいなかった。

何で……という質問より先に、前を向きバックミラーを見やる。

（やっぱり映ってない……）

ということは、後部座席で楽しげに笑っている子供は俗にいう〈幽霊〉というものなのか、と頭の中で冷静に判断する。

怖くはなかった。

グロテスクな見目ではなかったのと、まるで旅行に来たかの如く嬉しそうにしていたからだ。

「つ……ついてきちゃったの？」

『ふふふっ』

咲き誇るような笑顔と、少し甲高い声だけで返事をする。

〈憑いて〉きたのか、〈付いて〉きたのかは分からないが、このまま車の中に置きっ放しというのも可哀想に思えた。

「ウ、ウチにくる？」

相田さんの問いに、こくこくと肯定と取れる頷きをし、また満面の笑みを浮かべる。

少女は彼の傍をじゃれるように付いてくると部屋の中まで入ってきた。

荷物などを降ろしている間も、彼女はちょこんとリビングで正座をして待っている。

（へぇ、礼儀正しいんだな）

妙なところで感心しつつも、彼が荷物を片付け終わり、再度視線を配ると彼女は忽然と姿を消していた。

「あ、あれ……？」

ほんの一瞬、目を離した隙のことだった。


しかしそれからというもの、彼の生活に変化が起きた。

相田さんの仕事は保険の営業。

一度保険に加入するとなかなか見直しをしてもらえず、新規開拓しようにも「別なところに入っているから」と断られる日々。

饒舌ではない彼の性格も災いしてか、毎月の営業成績はいつも最下位であった。

「休みなんて取る暇があったら、客の一人も確保してくれればいいものを……」

そんな課長の嫌味を背に、パラパラと顧客リストを捲る。

（あ、ここの会社、そろそろ行かなきゃいけないか……。でもなぁ、あからさまに迷惑そうな態度を取るんだよなぁ）

そう思った直後。

『ふふふっ』

耳元であの少女の楽しげな笑い声が聞こえた。

慌てて周囲を見渡すが姿は見えない。

空耳かと思いながらも、声が聞こえたときに気になっていた会社を訪ねてみた。

「ああ、保険屋さん、丁度良かった」

いつもは「忙しいから」と門前払いだったのが、やけに好意的である。

更には、上司を呼んでくるから待っていてくれとも言われ、訳の分からぬまま応接室にまで通された。

保険の見直しと聞くなり、上司は社員一同昼休みに応接室に集まるように呼びかけた。

皆が勢揃いしている中、彼は最先端の医療にも適応できる保険の説明を始める。

誰一人面倒臭がることもなく、真剣に聞いている。

そんなことは初めてであった。

「いやぁ、会社のさ、取引先の人に次々と癌が見つかってね。うちらも保険をもう一度見直さなきゃな、って話してたときに丁度来てくれたもんで……」

どうやら一人や二人ではないらしい。

初期から重度の差はあれど、短期間で一気に癌が発覚した人が増え、その多さに社員も我が身を心配していたようだ。

お見舞いに行くと必ずと言って良い程、保険の話が持ち上がっていたことも聞かされる。

結局、社員全員が彼の勧めた内容に納得し、保険見直しの手続きを取った。

個人ではなく、会社規模の契約は大きい。

帰社し成果を報告すると、課長はかなりご機嫌な様子だったが、彼に至ってはその月のトップに踊り出たことで満足してしまった。

第一、これ以上頑張ると、翌月のノルマが厳しくなるのが目に見えている。

相田さんは仕事に行く振りだけをし、人目に付かない場所でぼんやりと寝ていることが多くなった。

(今日は何処で休もうかなぁ……)

社用車で自分の担当エリア地区を周回していると、不意にデパート前にある宝くじ売場が視界に入った。

(あ、そういえば宝くじなんて暫く買ってないなぁ……)

立てかけられた旗を横目で見る。

『ふふふっ』

また少女の可愛らしい笑い声が聞こえた。

呼ばれるように車を降りると、彼はスクラッチを五枚買い、その場で削る。

一等の百万円が当たっていた——。

その後も、会社のリストをパラパラと捲ると、ある一定のところで彼女の声が響く。

物は試しとばかりに訪問すると、またもや大きな契約を取ることができた。

「おいおい、どうしたんだ？　今月もラッキーだな」

課長はもちろんのこと、同僚からも驚きと賞賛の声を浴びる。

（もしかしてアレか？　あの子がよく謂われてる座敷童って奴か⁉）

思いもよらなかった大金。

声が聞こえる場所に行くと、必ず取れる契約。

（なら、これから俺の生活、もう勝ったも同然じゃねぇ⁉）

以前当選した百万円は競馬、パチンコ、夜の遊びなどで一瞬にして使い果たしてしまったが、あの少女がいる限り無敵である。

見た目からいってもテレビなどでよく見聞きする〈座敷童〉とはほど遠いため、呼び名も幸運の女神を称し、〈女神ちゃん〉と呼んだ。

（女神ちゃん、これからもよろしく～）

彼は見えぬ存在に対し、心の中で呼びかけた。

それからもスクラッチで三十万を見事に当てるが、同じ失敗は繰り返さなかった。

(競馬、パチンコ……株か？　それとも宝くじ？　いや、やっぱりスクラッチかな？)

当選金を元手にし、更なる金額を手に入れようと頭の中で思い浮かべる。

だが、女神ちゃんの笑い声は聞こえない。

(……今回はやめておくか)

課長からは毎回「ツいてるときこそバンバンいけよ！」と叱咤激励される。

しかし彼は相も変わらずその月のノルマを達成すると仕事に勤しむことなく、楽しておお金を儲けようとすることばかりに集中した。

実際に月々のノルマは少しずつ上がっている。

その分給料も上がっており、以前よりも生活自体が楽にはなっていた。

将来の夢ばかり膨らみ、落ちていくことなど考えはしない。

次は何をしようか、何を買おうか、とそればかり考える。

(そうだ、車！)

女神ちゃんを連れ帰ってしまったとき、塀にぶつけたまま直していなかったことを思い出す。

思い立ったが吉日とばかりに早速ディーラーへと向かい、新車を購入した。

女神ちゃんがいるから大丈夫とは思いつつも、念の為ローンを組んだ。

そして一カ月後、念願の新車が家へと運ばれてきた。

自分には一生買えないと思っていた高級車を前に浮き足立つ。

「では、こちらの車は私どもが引き取りますんで」

スタッフに言われ、それまで世話になった古い車を見送るその刹那。

切なそうな顔をし、後部座席から彼を見続ける女神ちゃんの姿があった。

(めっ、女神ちゃん！　何でそっちにいるのっ⁉)

車は次第に遠くなっていく女神ちゃんを乗せたまま、走り去っていく。

彼は慌てて新車へと乗り込むと、すぐにディーラーへと駆け込んだ。

「女神ちゃん、こっち！　もうその車じゃないの！」

自分の車を見つけた瞬間、小声ながらも必死に呼びかける。

何事かと訊ねてくるスタッフを何度も追い払い、呼び戻そうとするが既に女神ちゃんの姿は何処にも見当たらない。

あの愛らしい笑い声すらも聞こえない。

「女神ちゃ～ん……」

結局姿を確認できないまま、彼は自宅アパートへと戻るしかなかった。

（もしかしたら元の旅館に戻ったのかも⁉）

そんな淡い期待を胸にパソコンを開くも、その旅館は既に潰れてしまっていた。

――相田さんが宿泊し、帰って間もなくのことである。


それ以降、女神ちゃんの声は一切聞こえなくなった。

もちろん、彼の営業成績は最下位に戻り、ノルマも給料も減った。

反対に車を購入した店は、正に破竹の勢いで業務を拡大し、展示場も以前とは比べものにならない程大きくなっている。

それは今でも続いており、客足も常に絶えることがない。

「きっと女神ちゃんは、あのままあっち側に行っちゃったんでしょうね」

それからも展示場や店内を彷徨いてみたが、女神ちゃんが現れることはなかった。

肩を落とす相田さんだが、どうしても解せないのだと顔を渋らせる。

女神ちゃんは車を降り、自宅にまで上がっている。

会社や、社用車の中でも笑い声は聞こえていた。

それなのに何故あのときに限って、あの古い車の中にいたのか分からないのだという。

相田さんは〈第二の女神ちゃん〉を探しに、今も温泉巡りを続けている。

関連し得るもの

長身痩躯の片岡さんは、人混みの中にいても頭一つ抜き出た状態になる。

普段から目立ちやすい彼は、社内観楓会《かんぷう》が行われる度に必ず問題行動を起こす。

結果、二十代半ばにして転職歴は三回。

毎年、冬を迎えることなく、退社することとなっていた。


「僕が悪い、というよりは、季節とあの土地に問題があるような気がするんです」

とある市内の観楓会といえば、移動距離的な問題から某温泉街が定番となっている。

週末の通常業務を終えてから、貸し切りバスでホテルへ移動する。

到着して間もなく宴会が始まり、後は翌日のチェックアウトまでは自由時間となる。

会社と宿泊したホテルは違えども、彼が苦い思いを三度も経験したのはその土地であった。


まずは最初の会社から振り返る。

初めての大宴会で興奮した彼はお酒を飲み過ぎ、宴会場で酔い潰れてしまった。

ホテルの同室になる先輩三名が布団まで運び、介抱してくれていたことは断片的に記憶にあるという。

しかし、彼が寒さで目覚めたときには、ホテルの近くを流れる川の端に横たわっていた。ずぶ濡れで頭痛の残る身体を引き摺りながら、宿泊先へと戻る彼。

漸く到着した頃には、ちょっとした騒動になっていた。

同室の先輩達の話によると、片岡さんの様子を見つつ部屋飲みをしていたのだという。

午前三時を回ると、高鼾《いびき》を掻きながら完全に熟睡状態へと陥っていたそうだ。

それから三十分も経たずに、突然彼の鼾が止んだ。

呼吸音すらも聞こえてこない。

何かあったのかと心配になり、そっと近付くと、掛け布団は半円を描いたままの状態でぽっかりと空洞が空き、片岡さんの姿は消えていた。

狭い室内。自分達に気付かれないように、部屋を抜け出すなど不可能と言える。

しかし、実際に彼は失跡していた。

動揺しつつも彼らは他の社員を叩き起こし、ホテル内と近隣を手分けして探し始めた。

そんな時分、片岡さんは一人のこのことホテル前に到着したのだ。

「お前！　何処行ってたんだよ！」

「いや……僕にも何が何だか……」

てっきり同室の先輩達の悪戯で、川で寝かされていたのだと思い込んでいたが、総出の真剣な表情を見る限りそうでないことは簡単に理解できた。

「大体、お前何持ってるんだよ⁉」

先輩の声で気付いたのだが、彼の右手には黒い女性用の化粧ポーチがあった。

どうにもホテルまでの道中、何の違和感もなく握りしめていたようだった。

「おいおい、変なことでもしてきたんじゃねぇだろな？」

部屋の先輩達は早朝から騒動に巻き込まれたことで不機嫌なところもあったのだろう。

そこに女の影があるのだと勘違いしたらしい。

あからさまに不愉快そうな顔で、彼の手から即座に奪い取ると、確認と称してポーチを物色し始めた。

中から出てきたのは化粧品ばかり。

ケースの汚れやへたり具合から、相当古いものだということは想像できた。

「きったねぇな！　お前、どんな女といちゃついてきたんだよ！」

その間も片岡さんが川で寝ていたことを必死で説明する。

「じゃあ、こんな汚いモンは元の川へ、ポーイ！」

彼の話に納得してくれたのか、佐藤さんという先輩が川方面へ向かっていきなりポーチを放り投げた。

　その場から川へ届く訳もなく、近くの茂みにその姿は消えた。

「自分でも意味不明なんですが、何故かその瞬間、『絶対に許さない』という感情が湧き起こったんですよね」

　彼はすぐに我を取り戻したが、帰宅する間のバスの中でも時折、（殺してやる）という感情が芽生え、その都度頭を振って邪念を払い続けていた。

　一方、車内は彼の心の内など知る由もなく『神隠しの片岡君』というネタで盛り上がっていたという。

　漸くバスが会社前に到着し、それぞれが帰宅の途に着こうと方々に散ったそのとき――

「ぽ～ん、という感じで、軽い人形や抱き枕みたいに飛んだんですよ」

　横断歩道を渡っていた佐藤さんは、猛スピードで左折してきた車に撥ねられ宙を舞った。

　鈍い音と共にピクリとも動かない様子から、ほぼ即死状態なのは見て取れた。

「自覚はなかったんですが、皆が焦って駆け寄っている中、僕だけがその場でにやけていたらしいんですよね」

　その姿は、他の社員に目撃されてしまっていた。

観楓会での騒動から始まり、同僚の不幸を嗤う腐った人間、というレッテルを貼られた彼は、程なく自主退社の道を選んだ。


二社目の場合。

問題となる観楓会までの期間は、真面目に働き続けていた。

社員達に認められ始めて、馴染んだ頃の宴会である。

「飲め!」と言われたら断ることもできず、またもや泥酔してしまう。

部屋の布団に担ぎ込まれた辺りまでは、前回と同様と言える。

その後、先輩達は温泉街にあるスナックへ飲みに繰り出した。

部屋に残された彼は、いつの間にか眠りに就いていた。


「寒っ!!」

目が覚めると川の端で倒れていた。

その場所は、恐らく前回と同じだったという。

ホテルまで帰ろうと道を歩いていたとき、ほろ酔い気分の先輩達と遭遇した。

「お前、そんな格好で何やってんの?」

ずぶ濡れで浴衣姿の彼は、右手に黒いレースのハンカチを握りしめていた。

「全く記憶がなくって……」

「で、何それ？　そういう趣味でもあんの？」

　女性物のハンカチは、明らかに浮いて見えたようだ。

　自分の物ではないと説明をするが、前田という先輩は興味本位にハンカチを手に取った。

「うわっ！　臭ぇ！　ヘドロみたいな臭いがするぞ」

　子供のようにハンカチを投げ合ってはしゃぐ酔っ払い集団。

「ダーンクショット！」

　ある程度遊んで満足したのか、前田さんは近くにあった自販機脇に設置されているゴミ箱へ叩きつけるように投げ捨てた。

（殺してやる……）

　片岡さんの脳裏に、またもや不穏な考えが過ぎった。

「まあ、その場ではそういう考えがあったことはバレなかったはずです。でも……」

　その場の空気で一緒にホテルに戻った先輩達六名と、一室に集まり酒盛りをすることになってしまった。

　飲み始めて間もなく、前田さんが後ろに倒れるようにひっくり返った。

　すぐに救急搬送されたが、そのまま帰らぬ人となってしまう。

「急性アルコール中毒という診断らしいんですが、直前までは普通だったんですよね。飲んでいた量も然程ではなかったようですし」

何より問題となった行動とは、病院に同行した先輩から前田さんの死を伝える連絡があったとき、片岡さんは嗤いを堪えることができなかったのだ。

頭ではそんなことを思ってもいないのに、「くっくっくっ……」と嘲るような声が漏れてしまった。

当然、その場にいた先輩には殴られた上、その後は『人でなし』というレッテルを貼られて退社を余儀なくされた。


そして、最後の三社目となる。

流石に片岡さんも学習しているため、宴会の席ではビールをちびちび飲むに留めた。

先輩の誘いや強要も上手く受け流し、全く酔ってはいなかった。

しかし、宴会の締め間近で、意識を失うように寝てしまったらしい。

途中で朦朧《もうろう》としながらも布団で寝ていたことは覚えている。

(また迷惑を掛けたんだなぁ)

そんなことを考えながら深い眠りに就いた。

「うわっ‼」

川の水の冷たさで、震えながら目覚めた。

やはり、しっかりと記憶に残っている場所で寝ていたようだ。

月明かりと温泉街から漏れる光だけでも、どちらに向かえばいいのかは理解できる。

(厭な慣れ方をしてるな)

自嘲気味に道路まで辿り着くと、探してくれていたであろう加賀谷先輩と鉢合わせた。

「お前、何やってたんだよ！　皆が必死で探してたんだぞ！」

片岡さんの失踪から、既に四時間は経っていたようだ。

警察に相談しようか、というところまで話は進んでいたらしい。

すぐさま、捜索してくれている他の社員達へ、携帯で「見つかった」と連絡が回された。

先輩と二人、ホテルまでの道程を歩きつつ、何があったのかを質問されるが、片岡さんにはいつものように答えようがない。

「記憶がないんです……」

「ふーん……」

二人の間に、微妙な空気が流れる。

「で？　それは何のつもり？」

今回は右手に何も握りしめてはいなかった。

——が、指で示された先。

それは、はだけた浴衣から覗く、首に装着された一連のネックレス。

「え？　えっ？」

「皆が心配してたのに、ふざけた格好してんじゃねぇよ！」

加賀谷さんは徐にネックレスに手を伸ばすと、力任せに引き千切った。

地面に転がった玉から判別できる、薄汚れた真珠のネックレス。

(私のネックレスに何するのよ!!)

突然、片岡さんの脳裏に女性の声が響いた。

と同時にその場で意識を失った。

「おい、片岡、起きろ」

捜索してくれていた先輩達に起こされ、彼は意識を取り戻した。

「で、加賀谷は？　あいつは何やってるの？」

会ったのは間違いない。だが、突然意識を失ってからは不明なことを伝えた。

「今度はあいつかよ。一体、お前らは何やってんだよ」

結局、加賀谷さんはチェックアウト時間までに見つけることができず、警察に捜索願が出されることとなった。

「それから一カ月位で、加賀谷さんは発見されたんですよ。ホテル街から三十キロ程離れた山中で……」

彼は川の端で、浴衣姿のまま溺死していた。

現在、片岡さんはコンビニでバイトをしている。

「観楓会とか社内旅行がないことが重要なんです」と言い切るが、どうにもまた呼ばれそうな気がしてならないのだという。

狂走

残暑も漸く峠を越え、鰯雲が秋を告げる頃。

当時四十二歳、独身の柴山さんは予てより予約を取っていた山奥の旅館へと足を運んだ。

彼の趣味は風景のビデオ撮影。

気付かずに踏んでしまうような草花。青く澄んだ空。満点の星空など様々なものを撮ってきたが、その年は紅葉にスポットを当てていた。

山全体が燃ゆるような赤や心和む黄褐色で覆われる様を、ただ目で観るだけではなく、是非ともこの手に記録しておきたかったのだ。

「お客様、運がいいですよ。いつもならまだ少し早いんですが、今年は一気に冷え込んできましたからね。今が丁度見頃ですよ」

フロントマンに言われ、思わず口元が緩む。

彼は場所を決める際、必要以上の下調べをしない。

〈詳しいことは地元民に訊く〉というのが彼の信条でもあったからだ。

故に、部屋へと案内してくれたホテルマンに「近くに滝があるんですが、そこから眺める景色は穴場なんですよ」と教えてもらった際も、ネットで確認するより得した気分になれた。

彼は部屋に荷物を置くなり、ビデオと三脚を取り出し、早速件の場所へ向かった。

言われた通り車を二十分程走らせ、そこから徒歩で移動する。

（お、吊り橋か）

色彩豊かとなった山々に囲まれるように架けられた吊り橋は、およそ二十メートル程の長さ。

橋から覗く三十メートル先の眼下には川が見えるが、その流れは勢いが激しく、恐らく滝が近くにあるのだろうと思われた。

空を舞う風と、加重が掛かる度、揺れ動く吊り橋は今にも足元から崩れ落ちそうな錯覚さえ覚える。

端のワイヤーロープをしっかり掴みながらゆっくりと中央付近まで進んだ、そのとき。

『――うっ……』

突如、川の急流に混じって男の声が聞こえた。

辺りを見渡すが、他に観光客らしき人は見当たらない。

気の所為かとそのまま歩を進めるが、その間も苦しげな声は聞こえ続ける。

靴音や風音でもない。

明らかに吊り橋が揺らぐ度、嫌でも耳へと入ってくる男の呻吟は彼の歩みを止めた。

出所を探るように注意深く足元付近を確認していると、前方右隅に数本の指が見える。

橋から落ちそうになっている、という考えが過ぎった瞬間、躊躇《ちゅうちょ》することなく身体が動いた。

「だっ、大丈夫か!?」

慌てて下を覗き込むと、まだ二十代前半と思わしき青年が懸命にぶら下がっている。

『ふっ……うぅっ』

声を出す気力も残っていないのであろう。

息を荒くし、ただただ柴山さんに助けを乞うように視線を向けてくる。

「待ってろ！　今……」

咄嗟に差し出した手も虚しく、青年の力尽きた指は己の体重を支えきれずそのままの姿勢で落下していく。

縋るような目つきから絶望へと変わる瞬間が、まるでスローモーションのように長く感じた。

遠くなっていく青年の姿を呆然と見ていることしかできなかった柴山さんだったが、そこで我が目を疑う。

——川へと落ちてゆく途中で、青年の姿が忽然と消えたのだ。

水音も聞こえず、水飛沫すらも上がらなかった。

（いや、落ちた、落ちたんだ。あんなにはっきり見えたし、声も聞こえてたんだから……）

とにかく警察と消防に通報するため、携帯を取り出すが圏外で繋がらない。

それならば旅館に戻って……と腰を上げ、来た道を戻ろうと踵を返す。

自分も落ちないようにと急ぎながらも慎重に吊り橋を渡っていた最中、またしても男の荒い息遣いが彼の耳を捉えた。

まさかと思いつつそっと振り返る。

——そこには自分の真後ろで橋を掴んでいる男の指。そして同じ呻き声。

少しばかり見える身体の一部分も、先程と同じ服装である。

先刻、落下していった場所とは数メートルも離れており、位置も反対側だったはず。

（あり得ない……）

彼の中の常識が覆された。

途端に腰が抜けてしまい、橋の袂《たもと》へ向かおうにも足が動かない。

感覚がなくなったかの如く下半身が痺れ、立ち上がることすら困難となってしまった。

それでも一切振り向くことなく、震える手を使い、這いずるように前へと進む。

「うわっ!?」

突然吊り橋が大きく左右に揺れた。

突風が吹いた訳ではない。

まるで誰かが故意に揺らしているような感覚である。

大きなブランコにでも乗っているかのような状態に、吊り橋自体がギチギチと悲鳴を上げている。

気を緩めた瞬間振り落とされてしまう程の勢いに強くロープを掴むが、それも時間の問題であろうと思われた。

何より吊り橋自体も長時間の摩擦や激しい振動にそう長くは保たないだろう。

混乱している柴山さんの脳裏に〈あの青年がぶら下がって動かしている〉という映像が浮かび上がる。

(ちくしょーっ!!)

命の危機を感じた瞬間、それまで力の入らなかった足に力が漲《みなぎ》った。

今だ！　とばかりに止まる気配を見せない揺れの中、急いで歩を進め、何とか岸まで辿り着くことができた。

気力と体力の限界からか、へなへなと力なくその場に座り込む。

既に彼の心中は、待ちに待ったビデオ撮影どころではなくなっていた。

すぐさま旅館へ戻り、宿泊せずにその足で家へと帰ることばかり考える。

未だ思うように動かせない足腰に気合いを入れ、元来た道を歩き車へと乗り込んだ。


柴山さんは、部屋へ戻るなり早々に帰り支度を始めた。

元々ビデオ機材などが主であり、私用の荷物だけならばそれほど多くはない。

急いでまとめたということもあり、すぐにいつでも帰れる準備が整う。

(少し寝ておかないと却って危険だよな……)

心身ともに疲弊していた彼は、少しばかりの仮眠を取るため、カーテンが開けっ放しとなっている窓へと近付いた。

周囲の景色が見渡せるような大きな窓だが、ゆっくりと堪能する精神的余裕など既に持ち合わせていない。

いつもなら芸術的と感じさせる目前の崖の形状や、所々生えている木々にさえ心が動かなかった。

——しかし彼がカーテンを閉めようと布に手を掛けた瞬間。

目の前の崖上から男が落下していく姿が見えた。

何故か遠目からでもはっきりと分かった服装は、紛うことなき〈先程の男〉であった。

立ち尽くし、動きの止まった彼の前で男は吊り橋のときと同様、途中でその姿を消した。

落ちていった先に川はない。

第一、件の場所とは全く別方向でもある。

思いもよらなかった突然の光景に、休息という小さな望みまでもが音を立てて崩れる。

(ダメだ……もうここにはいられない……)

仮眠すら取れないとなると、最早彼をこの旅館に留まらせる理由など何一つなかった。

帰る旨を聞いたフロントマンは大層驚いた様子で何かと質問してくるが、今しがたまでの体験を事細かく正直に伝えられるはずもない。

以前の自分が相手の立場であったなら、〈ただの変な人〉という感想しか浮かばない。

(どうせ信じてもらえないだろうしな)

そんな固定観念が彼の中にあった故のことだった。


「――ふぅ……」

車を休みなく走らせ続け、漸く自宅マンションに戻った途端、安堵の溜息が漏れる。

外は夕闇に包まれており、彼は荷物をベッドの上へ無造作に放り投げると、カーテンを閉めるため、窓際へと近寄った。

刹那。

窓越し――正に彼の目と鼻の先で人が落下していく姿を目撃する。

瞬時の出来事であるはずなのだが、落ちゆく間際、見覚えのある視線が彼を捉えていった。

あたかも最期の瞬間を目に焼き付けるかの如く。

旅館からの続きを見ているのか、もしくは現実に起こったことなのか、と思う間もなく鈍い、耳障りな音が静かな部屋まで伝わる。

続いて悲鳴や驚嘆の声が彼の耳に届く。救急車だ警察だと騒いでいるようだ。

彼の部屋は五階建ての三階に位置する。

(落ちた！)

柴山さんは疲弊していることも忘れ、すぐに階下へと降りていった。

人混みを掻き分け、血に塗れたコンクリートの先に見たもの。

それは〈吊り橋で見た男〉であった。

横向きになった顔、服装からいっても間違いはない。

何一つ説明を付けることができないまま、眩暈《めまい》と嘔気のみが彼を襲った。

結局、飛び降りた男の身元は不明なのだと、後に主婦達の噂によって知ることとなる。

何故このマンションを選んだのかも分からず終いとなっていた。

(早く忘れよう……。それが一番なんだ)

だが柴山さんの思いも虚しく、それから一カ月と経たない内にまたもや飛び降り自殺が起こった。

それも彼が仕事を終えて部屋に戻り、カーテンを閉めるため、窓に近付いた瞬間のことである。

今度は住所不定、無職の年老いた男性であった。

管理会社が鍵を取り付け、屋上へは行けないはずであったにも関わらず、その夜に限って鍵が開いていたそうである。

道路上ではまたしても人々が駆けつけ、ざわめく声が聞こえていたが、彼はもう見に行く気など起こらなかった。

——そして彼は引っ越しを決めた。

八階建ての五階。管理人も常駐しているマンションだ。

職場からは遠くなってしまったが、あのまま住み続けることを考えれば何の苦にもならなかった。

だが、彼が引っ越してから半年も経たずして、現在まで既に四人が投身自殺で亡くなっている。

一人目の自殺を機に、管理人がすぐに南京錠を取り付け、屋上へ上がれないように柵まで設置したが、それらは全て気休めの産物となっている。

飛び降りた後に確認すると、鍵は開いた状態となっており、柵も壊されているそうだ。

そのときに限って鍵が開いている理由は分からない。

マンションの出入口では管理人が目を光らせているが、不審な人物や自ら命を絶っていった人たちの姿は見ていないのだと顔を曇らせる。

更に飛び降りる人たちは全てマンションの住人ではない。

距離、時間帯、年齢、性別問わず皆、彼の住むマンションまで赴き、屋上からその身を投げている。

受験に失敗した学生。恋人同士の心中。失恋したＯＬなど理由も様々である。

加えてもう一つ共通していること——。

それは必ず柴山さんが窓際に行き、カーテンを開け閉めしようとしているときに限って落下していくのだという。

且つ、落ちていく瞬間。瞬き一つの短い時間にも関わらず確実に目と目が合うそうだ。

あの吊り橋の男のように絶望に染まった瞳で、彼を見据えながら硬く冷たいコンクリートを目指す。


そして現在、柴山さんは再度引っ越しを考えている。

だが、幾ら独り身とはいえ経済的な面も含めてそう簡単にできることではない。

彼は引っ越し資金を貯めるべく、以前のように旅行などしなくなった。

というよりも、あれだけ熱中していたビデオ撮影も、今となっては全く興味がなくなってしまったそうである。

目が合いたくないから、とカーテンを閉めきって生活する訳でもなく、開け閉めを繰り返し、気付けばふと窓を見る癖まで付いた。

次の引っ越し先も同じことが起きたら……という懸念はあるものの、低い場所だと防犯上の問題があると彼は言う。

「次はこういう感じのところに住もうかな、と考えてるんですよ。目標額まであと少しですから」

そう言って差し出してきた物件情報誌。
そこには借家でも、アパートでもなく。
築年数は古いものの、全て今よりも高い階層のマンションに目印が付けてあった。

二十三夜

三田村さんの奥さんは、随分前から膝を患っていたそうだ。

「一度、山道で派手に転んだことがありましてね。そのときに手術するくらい捻って痛めたんですが、その後慢性の膝関節症って奴になりまして。若い頃は、痛みはあってもそれで普通に歩いていたんですが、やっぱり歳を取ってくるとどうしてもねえ。そもそも動くのが億劫《おっくう》になってくるし、動かないと動いたときに余計痛くなるという、そういう悪循環ですよ」

そう言って、三田村さんはゆっくりと顎をしゃくった。

「だから体重も増える訳ですが」

顰めた声だったのだが、随分離れた台所からガスコンロのダイヤルスイッチが、力一杯捻られる音が響いてきた。バーナーが長々とバチバチ爆ぜている。

「……ね、勘がいいんですよ」

三田村さんが長年勤め上げた化学会社を定年で退職になると、待ち構えていたように奥さんが旅行雑誌とパンフレットの束を卓袱台《ちゃぶだい》の上に広げて言ったそうだ。

「湯治に行きましょう」

「湯治？　それなら、お前しょっちゅう行ってるだろう」

「友人と何泊かしてくるだけです。あれは湯治とは言いません。湯治は、一回りでも十日です」

「……そんなに膝が痛むのか」

友人との短期の温泉宿泊でも、本当はとりあえず構わないようではあった。

だが、最近では杖が手放せなくなってきており、移動や日常でのちょっとした動作で手助けを頼むのは、友人相手では心苦しいらしい。

もっともではある。それなら気兼ねのない夫に頼むのが筋だ。

それに、どうせもう暇になった訳だから、幾らでも付き添いはできる。

だが……。

「一回り十日ねえ。そんなに田舎に引っ込んでいられるのかね」

「この際、徹底的に三回りはするつもりです」

「……お前はそれでいいかもしれないが、俺は退屈で死ぬぞ」

「この先まだ結構長い余生があるんですから、打ち込める趣味でも見つけだす時間にして下さい」

「……」

技術屋として仕事一筋でやってきて、会社から離れるといきなり時間を持て余している。それを見抜かれているのは仕方ないとして、これは妻の気遣いなのか作戦なのか。

半分煙に巻かれたようにして、その晩は宿の選定と予算の捻出の話で暮れた。

盆明けから湯治客にも入れ替わりが出るらしい。すぐに次の週から部屋が空いているという湯治宿が見つかり、数日掛けて旅支度を調え、予定日に車で出発した。着替えの量が半端なく、後部座席までそれの詰まったバッグで埋まった。

まだ蒸し暑い、九月の初旬のことであった。

三田村家では、初めて買って以来ずっと白のカローラにしか乗らない。五代目か六代目のそれを、カーナビの指示するがままにひたすら運転する。

一度サービスエリアで給油して、食事を取ってまたひた走る。

「……何で、俺はこんなに急いでいるんだろうな。暇を持て余しに行くのに」

大概尻が痛くなってきた頃、何となく馬鹿馬鹿しくなってきて零すと、

「漸く気付きました?」と、のほほんとした感じで奥さんが言った。

いな」
「もう、何にも急ぐ必要がないんですよ。あなたは、この際のんびりすることを覚えなさ

「そんな訳で、その鄙《ひな》びた……と言うか、暫く逗留したらただのボロい旅館だって、厭って言うほど分かるんですが、そこへ行ったんですよ。安めの湯治宿ですね。何でもそうですが、予算をケチると碌《ろく》なことにはなりません。……着いたのは、もう夕方でね。敷地は広かったけど山の中で、周辺は黒々と立ち木で埋まっているといった様子です。そうそう、細かい話だけど、駐車場は無料で駐め放題だったなあ」

木造の浴舎と湯治棟が並んで建っており、また別個に渡り廊下で繋がった昭和初頭の雰囲気を見せる旅館の建物がある。

だが細かい造作を見ると、比較的新しい時期に〈そういう拵え〉として作られた感じであった。

そこの小さなフロントで手続きをすると、予約した部屋は湯治棟のほうにあると聞かされた。

「すみませんね。中からも行けるんですが、外のこちらから回り込んだほうが早いんですよ」

旅館の従業員らしい若い男が、下駄をからげて飛び出てきて荷物運びを手伝ってくれた。

機敏だが、何だか口の軽そうな感じだ。

「あっちのほうが賑やかでいいですよ。陽気でね。こっちの旅館部は最近縮小しちゃいまして、奥の座敷なんかもう、幽霊でも出そうな体たらくですよ」

鄙びたと言うより、寂れた旅館らしい。この時点で宿選びを失敗したかなと少し思ったそうだが、背後に杉の鉾先を幾重にも従えて聳《そび》える湯治棟は、規模的にはなかなか堂々とした作りだった。

中の廊下を歩く湯上がりの逗留客が賑々しい。

何だか血色も良く、活気があった。

漠然と病人が集まっているような様子を想像していたので、少し驚いた。

「うちの効能は、慢性皮膚病、神経痛、筋肉痛、関節痛、五十肩、うちみ、くじき、強張り、冷え性、慢性消化器病、痔疾等でございます」

従業員の男が、何かを諳《そら》んじるようにして言った。就業して間がないのかもしれないな、と三田村さんは思った。

「どうぞ、気兼ねなく長逗留をお願い致します」

「え？　その使っていない旅館の座敷に幽霊が出たのかって？　いや、全然違いますよ」

三田村さんは掌をひらひらさせて、

「逗留する間に、何回か座敷とか庭を見せてもらったんですけどね。むしろ、清々しい場所でしたよ。紅葉時期はそりゃもう綺麗だろうね。でも、少し離れたところにある宿が改築してメジャーになっちゃって、そっちに客を取られてたらしいんだけど」

三田村さん夫婦の湯治室は十畳敷きで、湯治棟の二階にあった。室内の備品は十四インチのブラウン管テレビに小机、扇風機だけ。トイレは共同だった。

ここの温泉は、冷泉風呂と加温風呂に交互に浸かるのが基本だった。湯中り防止のために、最初の数日間は一日一回が普通だ。

しかし、時間があるのでつい二度三度と入ってしまう。

温泉慣れしている奥さんは、何日かするともう一階の休憩室で殆どの時間を過ごしていた。二階へ上がるのが億劫なこともあったが、もう湯治客の中に溶け込んでしまって、世話を焼いたり焼かれたりしている。また、ここぞとばかりにお喋りに夢中のようでもあった。

結構なことではあったが、三田村さんはそうもいかない。どうも自分より年配の湯治客ばかりであるし、一応社交的に振る舞ってはいたが、自室でテレビでも眺めているときがやはり至極落ち着くのだった。

だが、七日ほど過ぎるとそれさえも飽きてくる。

自炊の簡単な昼食を済ませ、奥さんを一階に下ろすと夕方の買い出しまで何もすることがなくなる。

窓を開けて空と山並みを眺め、ぼんやりと頬の横を吹き抜ける風を感じる。

自然と長々しい溜息が出た。

これは癒やされているのかな？　と、ふと考え、呆けてるだけじゃないのかと悪態を思いつく。

何か面白いことはないのか？

考えてみると、相当久しぶりにそういうものに餓えを感じていた。娯楽渇望である。

何かないのか？

若い頃、まだ十代だったあの日々に感じていたやるせない気分だった。何と懐かしい。

そう思っていたところに、駐車場に銀灰色のカローラが入ってくるのが見えた。湯治客用と看板の出ているスペースである。

どうやら新規の客らしい。

ドアが開けられ、三田村さんと同年配らしい男が出てきた。そして、後部座席から杖を突いた妻と思しい女性を介助して降ろしている。

れなかった。
　そう直感した。そして、俄然その縁もゆかりもない夫婦に興味が湧いてくるのを抑えき
　……自分達と同じだな。

「普段は、他人のことなんか一切どうでもいいと思っているんです。本当に、そのときは人間観察くらいしかすることがなかったんですよ」

　その夫婦は、二部屋ほど隣の空き室に入ったようだった。夕方、宅配便が布団を届けに来て、布団持ち込みの長逗留組だと察せられた。そうすると宿泊代がかなり割り引かれるのだ。

　台所などが共用なので、すぐに顔を合わせることになる。挨拶もきっちりした感じで、いかにも堅めの勤め人上がりのようだ。作務衣に着替えた態は、なかなか精悍《せいかん》だった。訊くと、中学校の教師だったという。名前は佐治さんといった。

　奥さんのほうは、やはり思った通りの症状を抱えているらしく、三田村さんの奥さんと意気投合して早速病気談義を始めていた。

　そうして、淡々と湯治の毎日が続いていった。

　だが佐治さんと浴舎で会って、湯船の中で会話することはあっても世間話などの通り一

遍で、何処か打ち解けない。

「でも、あれですよ。佐治さん本人も湯治は初めてだったそうなので、最初は物珍しいこともあるから紛れるでしょうが、間もなく例の恐るべき退屈が襲ってくるのは避けられない。向こうから何か言ってくるだろうと思ってました」

三田村さんは、ふっと笑って、

「佐治さんは、見かけによらず左党のようで毎日晩酌をしているのは知っていたんですよ。ただ、月見酒を思いついたのは意外すぎました」

九月の下旬のことだ。

休憩室で、壁に貼ってあるカレンダーを突っ立って眺めていた佐治さんが、「今日は旧の二十三日ですね」と出し抜けに言った。

誰に向かって言ったのか分からなかったので黙っていると、

「三田村さん、ナイトハイクに行きませんか?」

「ナイトハイク?」

「この辺の散策にも飽きたでしょう?　裏の山に木の植わってない場所があるじゃないですか。あそこから丁度東の空が見えるから、二十三夜月の月の出を眺めませんか?」

「月の出?」

「月見酒ですよ。昨日うまい具合にいい酒を買い出してきたので。……ただ、二十三夜月は真夜中に出るから……多分零時前とかです」

二十三夜月のことなどさっぱり分からなかったが、

「でもね。面白そうだと思ったんですよ。何だか分からないけど、それは面白そうだと……」


夜になって、佐治さんが部屋まで来た。

「調べたら月の出は二十三時十四分でした」

三十分ほど前に出ようということだった。旅館部から調達したという大型の懐中電灯を一本渡された。

山登りの格好は一応長袖と運動靴が必要だが、林道が目的の場所まで通じているので、大して危険はないということだった。

その道は知らなかったのだが、佐治さんはいつの間にか複数回登っていたらしい。

三田村さんの奥さんは麦茶を啜《すす》りながら、身支度をする夫を複雑そうな視線で眺めていた。

「何とまあ古めかしいことを」

「何だって？」

「二十三夜待ちでしょう？」

「何だそれは？」

「知らないんですか」

「月見酒だって言ってた」

「お月様への信仰ですよ。二十三夜月の月の出を見て、皆で念仏を唱えるんです。でも廃れちゃって……確かに都会育ちのあなたは知らないのも無理はないわねえ」

信仰とか、そういうことを考えている気配は佐治さんからは感じられなかった。たまたま二十三夜月の昇る日だったのか、或いは単に一緒に酒を飲む口実なんじゃないか、と思った。

時計を見ると頃合いである。

「じゃ、行ってくる」

通用口を出ると、デイパックを背負った佐治さんが既に待っていた。

「天気もいいですね。風もいい」

見上げると満天の星空だった。

二灯の懐中電灯が行く手を照らす。駐車場のネットフェンスの外に登り口があった。

斜め右方向にゆるゆると続いているその傾斜を登っていくと、熊笹の茂みの中に廃屋めいた建物の影を見つけた。照らしてみると木造の物置のようである。

「湯治宿の倉庫だそうです。もう根太《ねだ》が腐るくらい傷んでますね」

佐治さんがそう言う。

気味が悪かったので、足を速めた。

だが今度は周囲を覆う山の暗闇が怖い。

「怖いですねえ。ナイトハイクの醍醐味です」

「ナイトハイクって、学校行事でやってられたんですか」

「そういう学校もあることはあるんですが、私が関わったのは地域の子供会でしたねえ。近所の神社にキャンプさせたりしてね」

「それはそれで怖そうだ」

「蛍を見に行く行事とか、あと本格的にキャンプ場に連れて行ったりとか。そのときは山の中で一時間じっとさせて山の声を聞かせるとか。……今じゃ、多分無理ですよね」

「放置ですか」

「まあ、動かないように言って聞かせて……放置ですね」

佐治さんは笑って、

「子供達には、掛け替えのない深い体験になるんですけどねえ。梟《ふくろう》の声を聞いたり、ヤマネに出会ったり。でも……そもそも子供がいなくなってしまった」

暫く二人とも黙りこくって歩いた。

三田村さん夫婦には子供がいない。敢えて訊いたことはないのだが……佐治さん夫婦もそうなのではないか。

「開けてきましたよ」

木立ちを抜けて、山の禿げた部分に出た。緩やかな下り斜面が前方にあり、足元は流土防止のために何か蒔《ま》いたのか短い下草で覆われていた。

「ここらがいいかな。座りましょう」

大して汚れそうにもないので、どっかりと胡座をかいた。

「あと五分くらいで月の出ですね」

佐治さんは、背負っていたデイパックを手前に降ろすと、中から棒状のものを取り出した。

ケミカルライトのようだ。三田村さんも仕事柄興味を持ったことがあった。

「旅館部のあの若いのが釣りをするらしくて、持っていたのを三本くれたんです。懐中電灯の電池節約用にいいですよ。一本で十五分保ちます」

懐中電灯を消して、それを折ると内部の化学物質が反応してじわじわと白色に輝きだした。

佐治さんは、続けて酒の五合瓶と小ぶりの蕎麦猪口を出した。

「ここら辺の酒蔵らしいですが、純米吟醸です」

ケミカルライトの明かりは手元を照らすのがせいぜいといった感じだが、それで十分用は足りた。

やがて、眺めている東の空に山影からゆっくりと月が昇ってきた。

やや欠けた感じの下弦すぎの月。

その全体が見える頃には、既に酒瓶の半分は空いている。一本目のケミカルライトはとうに消え、月明かりを頼りに酒を注いだ。

「私の生まれた村の辻に二十三夜塔というのが建ってましてね。石碑なんですが」

「ええ」

「その傍で、夜中にお爺さんが一人だけじっと空を見てたんですよねえ。子供の頃に見たんですが、それが何だかずっと気になっていました。傍目には不気味でねえ」

「二十三夜待ちという奴では」

「そうなんですよ。二十三夜講という集まりもあったらしくて、後日それは知ったんですが、当時もう村では廃れてしまっていて、それっきりに。ただ、どんな月なのかは興味を持ったんですよ。どんな不思議な月かなってね。ですが、改めてじっくり見る機会もなくて。それを、暇で暇で突如思い出したという訳です」

「まあ、確かに不思議な月明かりではありますねえ。何だか頼りないような」

「二十三夜を過ぎると月明がりが急に弱々しくなるんですよ」

茫々として、何処か脆《もろ》い空気を纏ったその月は、じっと眺めていると不可解な神秘性を放っているように思えてきた。

そうでなければ、とても信仰の対象にはならないのであろうが……。

話が一回りして、またナイトハイクの話になった。

「ナイト・レクリエーションというのもあるんですよ。夜中のグラウンドで走らせてみたり」

「真っ暗闇で?」

「そうそう」

「でも、ゴールとか分からないでしょう?」

「ゴールはね、こうやるんですよ」

佐治さんは懐中電灯を二本持つと、少し歩いてそれを点灯させ地面に向かい合わせに置いた。

距離を調節すると、嘘のようにはっきりとした光の帯が地面に現れた。

「へえっ」三田村さんは心の底から感心した。

これは知らなかった。これは面白い。

……そのときだった。

何処かで誰かが全力で走るような、草をしだく足音が聞こえてきた。

「足音?」

「まさか。真っ暗闇だし」

「……この下のほう?」

音は明瞭さを増し、目の前の光の帯の更に向こうから何かが迫ってくる。

「何だ?」

人らしき影が月明かりに浮かび、とんでもない俊足で傾斜を駆け上がってきた。

懐中電灯を取りに行くのが間に合わない。

「逃げ……」

とにかくその場から動こうとしたとき、走ってきたそれが懐中電灯の光の帯の向こうで急停止した。その停止の仕方が急すぎて、何というのか……人間らしくなかった。

地面から射す光の中に浮かび上がったのは、絣の着物に襷《たすき》掛けしたと思しい女の姿で、両手で脚付きの膳……銘々膳を捧げ持ち、深く俯《うつむ》いていた。

髪は結っているようだったが、胸から上は膳で光が遮られてよく分からない。

「……誰だ?」問うても何も返事はなかった。

佐治さんが後ずさりしながら、

「この世のものじゃないですよ!」と、裏返った声で言った。

それで、三田村さんも漸く事態が飲み込めた。

——だが、そんな馬鹿な。

その存在を心の中で思いきり否定してみても、女は消えなかった。

逃げ出したいのはやまやまだが、懐中電灯がないとあの山道を降りられない。

身動きが取れなかった。

短い時間の間に猛烈に思案に暮れていると、じわりと女は上体を動かした。

銘々膳を傾け、それに一つだけ乗っている何かを見せようとしているように思える。

真っ黒い……椀のようだった。

そして、すぐにまた持ち直すと、回れ右をして横方向へ走り出し、雑木の茂みの中に全速力で突っ込んでいった。

……当然、普通無理な行動だし、人間がやれば枝の折れる音などがするはずなのだが、それらが一切なかった。

「……何と言うんですか、這々《ほうほう》の体《てい》で逃げ帰りました。佐治さんも私も、すぐに湯治場からも逃げ出そうとしたんですが」

三田村さんは頭を掻いた。

「どちらも女房に猛反対されましてねえ。酔っ払いの言うことが信用できるかということで終わりですわ」

その後は、周辺の散策も恐ろしくなって正に湯治三昧になった。宿痾《しゅくあ》だと思っていた肩こりや関節痛が治ってしまうほど湯に入った。

部屋に引き籠もっていると、ある日、佐治さんがやってきて言ったという。

「あの山道の登り口に倉庫があったでしょう」

ずっと、気になっていたらしく、昼間に戸の隙間から中を覗いてみたとのこと。

すると、埃を被った古い銘々膳が何列も堆《うずたか》く積んであった。

「漆も剥げた使い物にならないそれが、もの凄い数で。……でね、一番手前に一膳だけ床に置いてあって、黒い椀が乗せてあるんですよ」

自分は見ていないから本当のことは分からない、と三田村さんは言った。

何か意味があるのかどうかも分からない。

佐治さんとは、その後も親交はある。

あのナイトハイクの話が忘れられないでいる。

一度、そういう体験をしてみたいと思い、最近自分の地域の子供会活動を訪ね歩いて、アドバイスをもらっているとのことだ。

通学時の学童見守り活動をとりあえず始めてみたらしい。

「今度は奮発して、もっといい旅館に行く予定です。……四名様でね」

三田村さんは、そう言って体験談を終えた。

著者後書き

加藤 一
深澤 夜
つくね乱蔵
ねこや堂
戸神重明

▼ここ数年は出不精で帰省以外あまり旅に行けませんが、今年は伊豆のホテルへ一泊しました。東北、北陸、四国は未踏なので、いずれ行ってみたいと思います。怪異抜きで。

▼早いもので今年ももう終わりです。今年もお世話になりました。この場をお借りして読者の皆様とお世話になった皆様にお礼を。来年も恐怖箱をどうぞ宜しくお願いします。

▼今回は怪泊、旅や宿がテーマである。人は、己が住む日常から抜け出したくて旅に出る。いわば、旅とは非日常の世界に飛び込むこと。ならば、怪異が起こって当然であろう。

▼今回、これを書き上げるのにガリガリに気力と体力を削られました。願わくば、この話を読んだあなたが何事もなく過ごせますように。

▼私も野宿の経験は何度かありますがいつも寒くて眠れません。富士の樹海で行ったキャンプも極寒でした。今思えばあれも怪異だったのかも（汗）？　それでは魔多の鬼界に!!

高田公太
神沼三平太
三雲 央
鳥飼 誠
渡部正和
久田樹生
鈴堂雲雀
雨宮淳司

▼収録されているフランスの話は、イタリアで書きました。怪談界の村上春樹と呼んでください。

▼思い返せば、今年は一晩に百の怪談を語りあうという夜が年間で五度ほどありました。現状無事ですが、来年はどうなることやら。できれば平穏に年を越したいところです。

▼しばらく外泊する予定なし。ずっと家におります。

▼どんなあとがきにしようかと考えていたとき、嫁さんが友人との旅行から帰ってきました。特におかしな体験はなかったそうです。今度、夫婦で泊まりに行った時に期待……。

▼怪談と云えば夏が相場ですが、寒気立つ季節に味わう怪談もなかなかおつなものです。出したばかりの炬燵で、日本酒でも嗜みながらお愉しみいただけましたら幸いです。

▼今回は怪談真暗草子出張版です。本来書くべき部分を大幅にカットしてあります。いつか完全版をお目に掛けられたら。そして怪談真暗草子シリーズを宜しくお願い致します。

▼私はなるべくお預かりした話の土地を訪れるようにしています。詳細な状況確認と怪異を追体験したい為です。某所も足繁く通っていますが女神ちゃんには未だ会えていません。

▼普段月を見ることもないのですが、近地点での満月である、スーパームーンだけは楽しみにしています。とにかくでっかくて明るい。次回は、二〇一四年八月十一日だそうです。

本書の実話怪談記事は、恐怖箱 怪泊のために新たに取材されたものなどを中心に構成されています。快く取材に応じていただいた方々、体験談を提供していただいた方々に感謝の意を述べるとともに、本書の作成に関わられた関係者各位の無事をお祈り申し上げます。

あなたの体験談をお待ちしています
http://www.chokowa.com/cgi/toukou/

恐怖箱公式サイト
http://www.kyofubako.com/

恐怖箱 怪泊

2013年12月6日　初版第1刷発行

編著　加藤 一

表紙　近藤宗臣
カバー　橋元浩明（sowhat.Inc）
発行人　後藤明信
発行所　株式会社　竹書房
〒102-0072　東京都千代田区飯田橋2-7-3
電話 03-3264-1576（代表）
電話 03-3234-6208（編集）
http://www.takeshobo.co.jp
振替 00170-2-179210
印刷所　図書印刷株式会社

定価はカバーに表示しています。
落丁・乱丁本は当社にてお取り替えいたします。

ISBN978-4-8124-9754-8 C0176